孤注一掷

They Shoot Horses, Don't they?

［美］霍勒斯·麦考伊 —— 著

李晓琳 —— 译

上海文艺出版社
上海故事会文化传媒有限公司

编委会

总策划 夏一鸣

主　编 黄禄善

副主编 高　健

编辑成员（按姓氏拼音为序）

蔡美凤　高　健　胡　捷

黄禄善　吴　艳　夏一鸣　杨怡君

名家导读

/蒋向艳

蒋向艳,华东师范大学国际汉语文化学院副教授、复旦大学中文系比较文学与世界文学博士、硕士生导师,主要研究领域为比较文学和世界文学、法国汉学。在《中国比较文学》《国际汉学》《文艺理论研究》等核心期刊上发表论文40余篇;出版专著《程抱一的唐诗翻译和唐诗研究》《唐诗在法国的译介和研究》;英文专著 Famous Chinese Figures and Their Stories;出版译著"鸡皮疙瘩"系列丛书《金字塔咒语:隐身魔镜》(英译中)、《亚瑟与迷你墨人》(法译中)、《亚瑟和两个世界的战争》(法译中)。

一

霍勒斯·麦考伊 (1897–1955),美国小说家、剧作家。麦考伊一生中创作了五部长篇小说以及大量的短篇故事;与此同时,他还在好莱坞担任编剧,与尼古拉斯·雷、拉乌尔·沃尔什、威廉·迪亚特尔等知名导演共事,参与创作了约四十部西部犯罪题材的情景剧与电影。麦考伊的长篇小说处女作《孤注一掷》(They Shoot Horses, Don't They?) 于1935年出版,无疑是其最知名的作品。1946年,这部小说被译介到法国,伽利玛社出版了法文译本。1969年，由西德尼·波拉克执导的同名电影在美国上映，该电影获得了九项奥斯卡金像奖提名。

麦考伊生于美国田纳西州的佩格拉姆，家境贫寒。十二岁时，他就上街售卖报纸；到了十六岁，他便辍学做工挣钱，从事过各式各样的工作，如维修工、推销员、出租车司机。第一次世界大战期间，他参军入伍并在空军服役。一次飞行任务中，在同行飞行员身亡的情况下，他独自一人驾驶轰炸机成功返航，因而被法国政府授予十字勋章。退伍后，他在达拉斯担任体育新闻记者。20世纪20年代末，他开始尝试写作，并在通俗杂志上发表了早期的短篇故事。此时，他的文笔简洁生动，颇有海明威之风。1929年，大萧条时期伊始，他便失去了工作。以谋生计，他先后做过季节工、服务员和保镖。1931年，他来到好莱坞，先参演了几个小角色，后来才有机会成为编剧。在经济大萧条的阴影笼罩下，好莱坞电影产业也未能幸免。进入大萧条时期，麦考伊的笔锋转而变得冷酷与辛辣。他的小说与剧本披露了大萧条时期人们所面临的艰难困苦与狡黠人性。当时，人人都崇拜"美国梦"，将好莱坞的价值观奉为圭臬，因而麦考伊的作品显得格格不入。他的第二部长篇小说《寿衣无口袋》(*No Pockets in a Shroud*) 于1937年在英国出版，法文版于1946年出版，收入伽利玛社第四期黑色小说系列。直到1948年，该书的修订版才在美国出版。1955年12月，他因突发心脏病在比弗利山庄去世，享年58岁。

彼时，麦考伊逝世，人们漠然置之。如同他的文学作品，在美国并没有受到重视。不过,当作品译介到欧洲后,他在法国获得了一批拥趸者。如今,麦考伊被视为与达希尔·哈米特、詹姆斯·M·凯恩比肩的作家。不仅如此,二十世纪三四十年代是洛杉矶文学发展的黄金时期,而麦考伊与凯恩当之无愧为开拓先锋。在《论洛杉矶文学创作先锋:詹姆斯·凯恩和霍勒斯·麦科伊》一文中,学者王琳认为,他们的作品与雷蒙德·钱德勒、纳塔纳尔·韦斯特、斯科特·菲茨杰拉德、巴德·舒尔伯格的代表作一同,在南加州地域文学的审美特征定型中起到了关键性作用。

二

《孤注一掷》的故事设定在20世纪20年代,麦考伊邀请读者共同参与海滩码头的舞蹈马拉松比赛,而故事主人公正是比赛中的一对搭档——罗伯特·西弗顿和歌洛莉娅·比蒂。男主人公罗伯特是一位来自阿肯色州的青年,怀揣着"导演梦"来到好莱坞。罗伯特天性淳朴,活脱脱一位乐观主义者。虽然在好莱坞屡屡碰壁,但他仍坚信自己能够梦想成真。和罗伯特相同,歌洛莉娅也有着"好莱坞梦",只是当下只能担任临时演员勉强糊口。两人有着相似的背景,都出生在南方小镇,闯荡好莱坞,寻求名利,但两人的性格截然不同。歌洛莉娅性格忧郁,内心充满痛苦与失望。歌洛莉娅的父亲在战争中牺牲,来到洛杉矶之前,自己在家乡遭受了残酷的对待,一度想过自尽。他俩刚见面,歌洛莉娅就向罗伯特吐露心声:

"……告诉你,如果我有胆量的话,我会从窗户跳下去,或者跑到电车前自杀。"

"我觉得很奇怪,"她说,"每个人都无比关注活着,很少有人在意死亡。为什么伟大的科学家们总是一番折腾试图延长生命,而不是寻找愉快的方式结束生命?世界上一定有很多像我这样的人——想死却没胆……"

歌洛莉娅说服罗伯特成为她的搭档,一同参加娱乐码头上的舞蹈马拉松比赛,正是在那儿,两人遭遇了一场噩梦。这场马拉松比赛向所有人开放,任何人都可以参赛,但必须成双成对。比赛的奖金是一千美金,在当时经济萧条的背景下,算是一笔不小的数目。不过,要拿到这奖金并不容易。比赛要求选手连续不停地在舞池里跳舞,每隔一小时五十分钟,有十分钟的休息时间,选手在这十分钟内吃饭、洗澡、睡觉。一旦选手停止跳舞,就会被取消比赛资格,只有坚持到最后的那对舞伴才能获得奖金。主办方免费为选手提供住宿和伙食,同时设置了观众席,观众可以为自己心仪的选手提供赞助。诚然,如此高强度的比赛并非所有人都能承受得住,正如罗伯特回忆:"144对选手参加了舞蹈马拉松,61对在第一周就退出了"。

比赛发起人洛基并没有将选手们的身心健康放在心上,那一千美元奖金或许也只是空头支票。食物很糟糕,所谓免费住宿形同虚设。场上虽然有医生和教练，但是，选手昏迷后也只会被投到水箱中，惊醒后继续参加比赛。除此之外，洛基热衷于制造各种噱头，榨干所有选手。卢比与詹姆斯是夫妻，也是一对选手，卢比怀有身孕，参加如此剧烈的比赛却无人阻止；另一位选手马里奥被发现是越狱的杀人犯，被警察缉拿归案后，这一插曲却成了比赛的卖点；还有选手公然在比赛场地行凶，却没有被取消资格。为了吸引更多观众，洛基和另一位推广人索克斯在比赛原有基础上推出了"德比大赛"（Derby races），让选手每晚绕椭圆跑道跑上十五分钟，并淘汰最后一名。不仅如此，他们还怂恿选手们虚假结婚，并在舞厅里办一场公共婚礼，制造更多热点，以吸引观众前来。此举效果显著，许多好莱坞的大腕慕名而来。对选手而言，这可能会是改变命运的一次机会，因为"很多制片人和导演都会观看这种舞蹈马拉松比赛，有可能把你挑出来，给你安排一个电影角色"。因而，面对残酷的赛制，大多数选手没有提出异议，仿佛只要有足够的观众，自己的未来便仍有希望。比赛摧残人的身心，选手们日渐麻木不仁。比赛的结果唯有淘汰、崩溃或死亡，并没有真正的赢家。正如小说的结尾，酒吧里响起不明枪声，观众雷登太太不幸身亡，比赛被匆匆叫停，真正的问题却悬而未决。

小说以第一人称视角切入，罗伯特作为"我"向读者叙述这场荒谬且剥肤锥髓的舞蹈马拉松比赛。这部小说可以说是罗伯特的个人回忆录。小说的原标题"They Shoot Horses, Don't They?"是一个反义疑问句，实际上这是罗伯特在故事里的最后一句话,因而使得作品在形式上和内容上都近似罗伯特本人的反刍式思考。小说一开篇,我们便知道了罗伯特因谋杀歌洛莉娅而被判处死刑,这就足以吸引眼球。作者的行文方式别出心裁,法官宣判、舞蹈比赛与罗伯特本人的心理描绘交织在一起,三条时间线并行。然而,小说虽然以罗伯特的口吻叙事,但重点并不落在罗伯特身上。相反,小说较为完整地勾勒出了歌洛莉娅的画像。读者通读完小说,不难得出一个结论,歌洛莉娅是位愤世嫉俗者。实际上,歌洛莉娅在故事里展露出了不少温情时刻,比方说,她是唯一一个提醒卢比不要生下孩子的选手。固然,对于"死亡"这一问题,歌洛莉娅曾有多次表态,我们也不难看出她有着比较强烈的自杀倾向。甚至,她来洛杉矶之前便曾尝试服毒自杀。因而,若将歌洛莉娅的"死亡欲念"简单归咎于残酷的比赛机制或经济大萧条下的忧郁心态,便忽略了麦考伊的用心。

作者对歌洛莉娅的过去着墨不多,但这对理解歌洛莉娅的动机至关重要。不幸的家庭、糟糕的情史、屡屡碰壁的工作,这些都使她更加坚信生命不过是一连串的荒谬事件。她曾调侃自己:

"你这样嘲笑我不太好吧,"我对歌洛莉娅说,"我从没取笑过你。"

"你也不必,"她说,"我被厉害的人取笑过,上帝取笑了我……"

歌洛莉娅应该早已看清了人类生存状况的无奈，深知人世间的痛苦不能寄托于不存在的救世主。在她眼里，上帝或是救世主不过是死亡的"替代"。她选择参加舞蹈马拉松比赛，不过是孤注一掷，试图找寻生存下去的理由。她在比赛中自述："我厌倦了活着，又恐惧死亡。"她邀请罗伯特作伴参加比赛时，读者还能够感受到她对比赛的期待，而随着比赛的推进，越来越多的插曲出现，歌洛莉娅也意识到这场比赛和她人生中的其他事情一样荒谬，正如她的评述："你总要见不想见的人，总要跟讨厌的人假装友好，我很高兴我不做了"。在最后三章，读者可以很明显地感受到歌洛莉娅剧烈的态度转变。

"多希望是我们，"歌洛莉娅抬起头说，"我输掉比赛就好了——"

歌洛莉娅一整天都无精打采，我问了她一百遍在想什么，她总是回答"没事"。

反正这一天歌洛莉娅没有无精打采的理由，可她却比以往更没有精神。

"打中的要是我就好了——"歌洛莉娅压低声音说。

"你用不着那样看我，"她说，"我知道自己不好——"

"真希望我当时就死在达拉斯，"她说，"我一直认为医生救我的命只有一个原因——"

"我是个格格不入的人,给别人带来不了任何好处……"

"不管怎样我都完了,世界很烂,我受不了了。我死了会更好,对其他人也是,我把周围一切都毁了……"

歌洛莉娅既然拥有了对人间事物的彻悟,那么她自然不会处心积虑,计较比赛结果,去寻求出头的机会,她也能够对生死问题保持最冷静的态度。比赛结束后,她寻求罗伯特的帮助,请求他用她口袋里的手枪杀死自己。"这是让我脱离痛苦的唯一办法。"她说道。在她看来,自杀早已不是一件荒谬的事情。罗伯特困在舞蹈比赛中,期望有朝一日能借此出人头地,到头来不过是画饼充饥。相较之下,歌洛莉娅企图通过自杀来摆脱人间的苦难,反倒凸显出主动的反抗精神。麦考伊对两位主人公的刻画别出心裁。歌洛莉娅的名字"Gloria",来自西班牙语和葡萄牙语,意为"荣耀";而罗伯特的名字"Robert",源自日耳曼语"Hrodebert",该词由"hruod"和"beraht"构成,分别意为"名声"和"闪耀的"。显而易见,这两个名字颇具讽刺意味。在经历一系列荒谬痛苦的事件后,歌洛莉娅的死确是对她名字最好的注解。

三

《孤注一掷》其主旨和描写手法和同时期美国小说家海明威的短篇

小说《白象似的群山》存在不少神似之处。

　　首先，这两部小说都成功塑造了女性角色。《白象》里的年轻女孩吉格，《孤注一掷》里的歌洛莉娅。吉格和美国男友在西班牙某地的火车站候车，候车之际，两人在火车站旁边一家酒吧一边喝啤酒一边交谈，看似随意的交谈其实涉及关系两人未来的重大事件，就是男人不停地劝吉格去把腹中的胎儿打掉。吉格在这番交谈中渐渐明白了一件事：男人并不在乎她，他关心的只是他自己的感受；吉格怀孕会破坏他想要过的那种自由自在、漫游享受的生活，而他唯一想让她去做的事，就是堕胎。年轻的吉格醒悟到这个事实，这反而让她变得坚强。小说最后，吉格向男人投去一个微笑，说："我觉得好极了。"不管结果如何，吉格已经准备好面对未来将要发生的一切。一个年轻女孩，从天真稚嫩走向内心坚定的过程，在两人的对话中跃然纸上。这一成长历程与歌洛莉娅相似，歌洛莉娅的悲剧看似由罗伯特造成，而实际上赴死的动力是她自己，是她那愤世嫉俗的性格，和在现实生活中找不到出路的绝望。如果说吉格从内心坚强起来体现了她的成长，歌洛莉娅以死对抗这个无望的社会则是更决绝的抗争，是真正觉醒了的极致表达。显然海明威和麦考伊都塑造了更加光辉的女性形象，更充盈、更多层次，也更丰富地展现了时代、社会中卑微个体隐微的努力、抗争乃至自我放弃。

　　其次，两部小说都非常典型地运用了象征手法。在《白象》中，小说题名本身"白象似的群山"就是最大的象征："白象"在英语里有"大而无当"的寓意。养一头大象需消耗大量粮食，这个词便衍生其他意义，代表某种不想要的礼物，而这象征着吉格腹中的胎儿。"白象似的群山"则是怀了孕的吉格身体的象征。两人的对话也充满了象征意味。吉格温情地向男人说起远处的群山就像一群白象，男人却回答他从来没见过象，象征吉格对自己腹中孕育的生命充满了美好的期待，而男人对此无动于衷。故事发生的地点，火车站上即将到来的火车，也是一个象征，象征着吉格是否堕胎的决定。火车只往一个方向开，象征着决定一旦做出，结果便不可逆。同时，数字"二"也是一个象征，小说里吉格和美国男人是两个人，点了两大杯啤酒、两杯饮料，服务员拿来了两个毡杯垫，男人把两只旅行包拿到站台上，火车只在站台停靠两分钟。"二"象征着吉格和男人的二人世界，但这二人世界可能会被正在孕育中的胎儿打破，男人愿意维持这原来的二人世界，吉格内心则起了波澜，因为她和胎儿也是二人世界。这原先的"二"因为胎儿的存在而有了微妙的变化。吉格和男人都口口声声说着"我们"，但这"我们"的所指却已不同。男人说"我们可以拥有整个世界"；吉格却说"这世界已经不再是我们的了"，因为男人放弃了胎儿。

与《白象》相似，《孤注一掷》也大量运用象征。英文题名"They Shoot Horses, Don't They?"中的"马"在小说最后部分出现，罗伯特在歌洛莉娅要求他拿手枪打死她的时候，回忆起小时候在祖父农场里看到的场景：老母马内莉摔断了腿，祖父为了让内莉脱离痛苦，无奈开枪打死了它。书名里"被枪杀的马"就是女主人公歌洛莉娅的象征：一个深陷人生的淤泥、痛苦异常、生不如死的女性，死亡是她唯一的出路。摔断了腿，无法继续劳作，也已经年老，不能再生育，被"榨干"了有用价值的内莉只能面临被枪杀的命运；歌洛莉娅星途无望，也找不到理想的结婚对象，更不愿沦为男人偷情的对象，她作为"女人"似乎已毫无价值，因此早就有了自杀的倾向，只是自己下不了手，让罗伯特一枪了结是她必然的结局。

此外，《孤注一掷》里也有数字"二"的象征，尤其是舞蹈马拉松的参赛者必须是一男一女的二人组合；小说中多名人物都以二人成对的方式出现——罗伯特和歌洛莉娅、詹姆斯和卢比、马里奥和杰基、基德和玛蒂……但除了詹姆斯和卢比是一对夫妻，其他都是临时组合起来的"二人世界"；当马里奥和玛蒂因故退出比赛后，基德和杰基迅速组为新的一对；就连詹姆斯和卢比也是在一次舞蹈马拉松比赛中结合的，象征这看似和谐幸福的"二"只是一个虚幻的假象，充满了讽刺意味。就像在《白象》里，男人要吉格堕胎，在《孤注一掷》里，卢比怀着身孕参加舞蹈马拉松，歌洛莉娅看不下去这非人道的场景，"多管闲事"地怂恿卢比堕胎。在绝对的悲观主义者歌洛莉娅看来，维持这虚幻缥缈的二人世界已经足够艰难，何必再带一个生命来这世界受罪？最后歌洛莉娅让罗伯特拿枪打死自己，也是以这种决绝的方式宣告了这虚假的"二"的破灭。

其三，两部小说都运用了反讽。《白象》里，一个美国男人在西班牙某火车站旁的酒吧，坐在露天的桌子边，公然劝说他的年轻女友堕胎，这是一个极大的反讽，因为在西班牙这个有着天主教传统的国家，堕胎是非法的；而男人可能以为离开了他的出生地，可以抛开道德约束和女友来谈论这个话题。《孤注一掷》里，罗伯特和歌洛莉娅是舞蹈马拉松的舞伴，虽然歌洛莉娅个性有些古怪，罗伯特却能理解她，总是安慰她"我了解你的感受""我明白你的意思"，认为自己是她最好的朋友、唯一的朋友，但最后因帮助歌洛莉娅自杀而被法院起诉，被判定为一级谋杀罪并执以死刑。这对好友舞伴共同走向死亡的结局，也是一个极大的反讽。

四

读者应该也很容易联想到另一位文学人物，那便是法国作家加缪笔下的"默尔索"。两者身上体现的"异己感"，以及他们面对社会而产生的"陌生感"，均有共通之处。事实上，麦考伊的作品与二十世纪的存在主义思潮有着千丝万缕的联系。该书在1935年出版，就引起了法国存在主义者的关注，其中就包括一批文学大家，如加缪、萨特等，他们各自的代表作《恶心》(La Nausée) 与《局外人》(L'Étranger) 分别在1938年和1942年出版。法国评论界将麦考伊视为存在主义的开拓者，而该书自然也被称为存在主义的奠基之作。麦考伊一度是法国被人讨论最多的美国作家。鉴于这部小说的出版时间，很多读者会不自觉地将其与经济大萧条背景相勾连，认为作者是对资产阶级社会的讽刺，对好莱坞"梦工厂"的讽刺，但这样的解读忽视了作品存在主义和虚无主义的内核。

毋庸置疑，小说中的舞蹈马拉松赛有其寓意。歌洛莉娅曾将整个舞蹈比赛比喻成旋转木马。对参赛者来说，比赛犹如参加一场永不停歇的旋转木马，身体在永恒的摆动中，奔向的却是永恒的重复，没有未来的未来。这舞蹈马拉松，象征着灰色绝望、没有出路的人生。人，无论谁，都处于这永劫不复的旋转木马式的、陀螺般的、无止境无目的却不得不非如此不可的荒谬而尴尬的境遇之中。在罗伯特的叙事视角中，我们几乎没什么机会看到除了舞厅以外的场景。所有选手都被困在码头舞厅中，无休止地进行舞蹈比赛，这一叙事场景可以构成对人生的隐喻。舞蹈马拉松赛最后没有了赢家，正如人生也不可能有绝对的胜者，客观世界与人的主观愿望之间必然存在断裂。在舞厅里比赛时，所有人都不知道外边的天气，仿佛里面是无尽的黑暗。而罗伯特曾在短暂的休息时间偷偷跑去欣赏日落，"日落"这一意象则与罗伯特的导演梦对应起来，两者都无比美好，最终烟消云散。值得注意的是，在小说的前半部分，我们能够明显感受到罗伯特言语里体现出的乐观心态。但到了最后一章，作者的笔锋一转，罗伯特也逐渐意识到这一切的荒谬。他感受到了和歌洛莉娅相同的精神倦怠，正如他并没有拒绝歌洛莉娅的请求，反而对其表示认同，"这是让她脱离痛苦的唯一办法"。而在这部分，如同电影里的闪回镜头，罗伯特回想起了少年时在阿肯色州农场里的经历。老马内莉受伤后，祖父用枪了结了老马的生命。这一画面与罗伯特枪击歌洛莉娅相对应，祖父对自己行为的解释或许也是罗伯特当下的心理写照。

最后一幕，面对警察的拷问，罗伯特只是淡淡地回答道："人们也会射杀老马的，对吧？"如果说歌洛莉娅早就识破社会的悖谬，那么荒诞主义思想在罗伯特身上觉醒则发生在他枪杀歌洛莉娅之后。小说开篇，他面对法庭的审判时，内心告诉自己，"我是她最好的朋友，唯一的朋友。她怎么可能会无依无靠呢？"此时，罗伯特逐渐接受了歌洛莉娅对待人生的否定态度。因此，他也拒绝为自己辩护，"只能站在那里，望着法官，摇着头，根本无力反驳"，面对刑罚，他和默尔索一样，冷漠且无动于衷：

> 现在我感觉莫名其妙，百思不解。这不是谋杀，我只是想帮忙，结果却害死了自己。
>
> 他们要处决我，我非常清楚法官会怎么说。从他的神情中我可以看出，他很乐意宣布这个判决；而从我背后人们的反应也可以感觉到，听到法官的判决他们会欣喜若狂。

最后，罗伯特和歌洛莉娅都沦为虚无主义的皈依者。正是在这个意义上，麦考伊的《孤注一掷》更容易和二战后法国兴起的存在主义哲学、荒诞剧等思想和文学发生共振，在法国读者中引起更多共鸣。贝克特《等待戈多》(*En attendant Godot*,1952)里关于人生荒诞、戈多永远不会到来、象征救赎的希望始终不会抵达等理念,麦考伊通过这场骇人听闻的舞蹈马拉松,也通过歌洛莉娅的自绝行为表达得淋漓尽致。

麦考伊的这部小说虽然篇幅不长,但是,在有限篇幅里,作者勾画出了两位典型的存在主义人物形象,小说也超越了对单纯的历史现场的简单概括,具有更广阔的意义。麦考伊用最短的篇幅,达到了最大的效果。书中除了对"荒诞""疏离"等主题的表现,作者的写作手法也颇具"零度写作"的雏形。《孤注一掷》可谓一部存在主义先锋作品,如今首次在国内译介,实在不容错过。

Contents

枪杀　1

判决　3

初遇　4

共舞　12

意外　19

日落　28

悸动　38

苦战　48

暴乱　58

停赛　68

淘汰　83

婚礼　96

枪响　109

枪　杀

囚犯起立……

我站了起来。片刻间,我又看见了歌洛莉娅,坐在码头的长凳上。子弹恰好击中她脑袋的一侧,血液甚至还没有开始流动。手枪的闪光仍然照在她的脸上,一切都非常清晰。她如释重负,飘然若仙。子弹的冲击力使她的头稍许偏离;虽然侧面视角不尽如人意,但我完全可以看到她的脸和嘴唇,她在微笑。

检察官错了,他告诉陪审团,她在太平洋沿岸的黑夜里,独自面对残忍的凶手,痛苦离去。他大错特错,歌洛莉娅没有痛苦地死去,她很轻松，很从容，面带微笑。那是我第一次见到她的笑容，怎么可能是痛苦呢？而且她并非孤身一人。

我是她最好的朋友，唯一的朋友。她怎么可能会无依无靠呢？

……现在不宣布判决有什么法律依据吗？

判　决

我还能说什么呢？所有人都认为是我杀了她，唯一可以帮助我的人也已去世。因此，我只能站在那里，望着法官，摇着头，根本无力反驳。

"请求法庭宽恕。"我的辩护律师爱泼斯坦说道。

"为什么？"法官问。

"法官大人，"爱泼斯坦说，"我们请求法庭的宽恕。这位男孩承认犯下杀人罪，但他只是替那位女孩寻找出路——"

法官捶了捶桌子，看着我。

……没有任何不宣判的法律依据。

初　遇

遇见歌洛莉娅的方式很有趣。我后来才知道，她也想拍电影。

有一天，我从派拉蒙电影公司走到梅尔罗斯大街，听见有人叫喊，转身发现她挥着手朝我跑过来。我停下脚步，也向她挥手。

她来到我面前，上气不接下气，异常激动，我意识到自己并不认识她。

"该死的公交车。"她说。

我环顾四周，原来开往韦斯特街的公共汽车在半个街区外。

"哦，"我说，"我以为你在向我招手……"

"我为什么要向你招手呢？"她问道。

我笑起来，说："不知道，我们顺路一起走吧？"

"我也可以走到韦斯特。"她回应道。

我们开始往韦斯特街走。

故事就是这样开始的。

现在我感觉莫名其妙,百思不解。这不是谋杀,我只是想帮忙,结果却害死了自己。

他们要处决我,我非常清楚法官会怎么说。从他的神情中我可以看出,他很乐意宣布这个判决;而从我背后人们的反应也可以感觉到,听到法官的判决他们会欣喜若狂。

偶遇歌洛莉娅的那天早上,我有点不舒服。身体还没好起来,我就出发前往派拉蒙,因为冯·斯登伯格正在拍一部俄罗斯电影,也许我有机会找到一份工作。我曾经问过自己,还有什么比为冯·斯登伯格(或马穆里安,或博尔拉夫斯基)工作更好的选择呢?这样既有薪水领,又可以学习构图、节奏和拍摄角度……所以我去了派拉蒙。

我进不去,于是在门口等到中午,他的一位助理出来吃午饭,我追上去询问有没有招募临时演员的意思。

"没有。"他说。并告知我冯·斯登伯格对临时演员的要求非常高。

虽然说出来很不好听,但我知道他在想什么,我的衣服看起来不怎么样。

"这不是年代戏吗？"我问。

"我们的临时演员都要通过演员部的统一面试。"他边说边走，不再理我。

我漫无目的地闲逛，天马行空地幻想自己驾驶着劳斯莱斯，所有人都能认出我，称我为世界上最伟大的导演。正在这时，我听到了歌洛莉娅的叫喊声。

现在，你搞清楚故事是如何开始的了吗？

我们沿着梅尔罗斯一直走到韦斯特，路上相谈甚欢；到达了韦斯特，我知道了她的名字是歌洛莉娅·比蒂，一位同样表现不好的临时演员，而她对我也有所耳闻。我非常喜欢她。

她和一些人住在比弗利附近的一间小屋里，离我的住所只有几个街区，因此那天晚上我又见了她。

正是这一夜真正揭开了故事的序幕，即使现在，我也不后悔见她。

我身上有七美元，是在药店替朋友喷苏打水赚的（他让一个姑娘有了身孕，不得不带她到圣巴巴拉市做手术）。我问她是去看电影还是去公园坐坐。

"哪个公园？"她问。

"就在离这儿不远的地方。"我说。

"好吧，"她说，"反正我看过的片子也够多了。我敢和你打赌，我演得比大部分女演员都要好——我们去坐坐，骂骂那群人……"

她愿意去公园，我深感欣慰。那是个适合歇息的好地方，虽然只有一个街区那么大，但天幕拉下，一片昏暗，万籁俱寂。到处都是茂密的灌木丛，周围长满了棕榈树，有五六十英尺高，顶部呈簇状分布。

一旦你踏入公园，就会有一种莫名的安全感。我经常把这些簇状枝叶想象成戴着奇形怪状头盔的哨兵：我的专属哨兵，守卫着我的私人岛屿……

公园是个歇息的好地方。透过棕榈树，你可以看到许多建筑物，还有公寓楼厚重的方形轮廓。楼顶上的红色标识，把上面的天空和下面的一切都染红了。

然而你要是想摆脱这些，只需坐下来，目不转睛地盯着……它们就会开始后退，这样你就可以把它们驱赶到海角天涯……

"我以前从没有留意过这个地方。"歌洛莉娅说。

"我喜欢这里，"我说着，脱下外套，为她铺在草地上，"一周来三四次。"

"那你确实喜欢这儿。"她说着坐了下来。

"你来好莱坞多久了？"我问。

"一年吧，拍过四部影片，本应该有更多机会的，"她说，"但我没法在演员部登记。"

"我也是。"我说。

除非演员部有你的信息,否则没有太多表演机会。大型电影公司会给演员部打电话,说他们需要四个瑞典人、六个希腊人、两个波希米亚农民或六个大公夫人,演员部就给安排。

我明白为什么歌洛莉娅无法进入演员部,她头发颜色太浅,个子太矮,看起来显老,穿上漂亮衣服可能看起来会有点吸引力。但即便如此,她也不算漂亮。

"你有遇到可以帮助你的人吗?"我问。

"在这个行业,你怎么知道谁会帮你?"她说,"今天你还是个电工,明天就成了制作人。我唯一能接近大人物的方法就是在他车经过时跳到踏板上。不管怎样,我不知道男明星是否会像女明星一样帮我,就我所看到的,我觉得自己是生错性别了……"

"你是怎么来到好莱坞的?"我接着问。

"噢,我不知道,"她思索片刻,"不过比老家的生活好多了。"

我问她老家在哪儿,她说:"西得克萨斯,你去过吗?"

"没有,"我说,"我来自阿肯色州。"

"西得克萨斯是个鬼地方,"她说,"我和姨妈姨父住在一起。姨父是铁路公司的闸员,谢天谢地,我一周就见他一两次……"

她停下来，什么也不说了，望着公寓大楼上方朦胧的红光。

"至少，"我说，"你还有个家。"

"也就你称之为家，"她说，"我可不这么认为。姨父在家时总是调戏我，他上班后，姨妈和我又总是打架，她怕我会告发她——"

"真是一群好人……"我自言自语道。

"于是我逃走了，"她说，"去了达拉斯。你去过没？"

"我根本就没去过得克萨斯州。"我说。

"没什么好遗憾的，"她说，"我找不到工作，后来决定在商店偷点东西，让警察来照顾我。"

"好主意。"我说。

"主意是不错，"她说，"只是行不通。我确实被捕了，但警察都同情我，把我放了。为了不饿死，我和一个叙利亚人同居了，他在市政厅拐角处开了一家热狗店。这人总是嚼烟草……你有没有和嚼烟草的男人同床过？"

"恐怕没有。"我说。

"连这我都能忍受，"她说，"当他想让我在厨房桌子上和顾客发生关系时，我放弃了。几天后，我服了毒药。"

"天呐！"我对自己说。

"我服的量不够，"她说，"没死成，呃，我依然记得那东西的味道。

我住了一周的院，正是在那里有了来好莱坞的想法。"

"哪儿？"我说。

"在电影杂志上，"她说，"出院后，我开始到处搭便车，是不是很好笑？"

"真好笑，"我说，努力让自己笑出来，"那你的父母呢？"

"都不在了，"她说，"父亲在法国的战争中牺牲了，我希望我也死在战场上。"

"你为什么不放弃电影圈？"我问。

"为什么要放弃？"她说，"说不定我能一夜成名。看看赫本、玛格丽特·苏拉文和约瑟芬·哈钦森……不过，告诉你，如果我有胆量的话，我会从窗户跳下去，或者跑到电车前自杀。"

"我了解你的感受，"我说，"完全了解。"

"我觉得很奇怪，"她说，"每个人都无比关注活着，很少有人在意死亡。为什么伟大的科学家们总是一番折腾试图延长生命，而不是寻找愉快的方式结束生命？世界上一定有很多像我这样的人——想死却没胆……"

"我明白你的意思，"我说，"完全明白。"

我们同时沉默了几秒钟。

"我一个女朋友一直想让我参加海滩上举办的舞蹈马拉松，"她说，"只要坚持下去，就可以享受免费的食物和床位。如果赢了，就有一千美元。"

"免费食物这部分听起来不错。"我说。

"没什么大不了的，"她说，"很多制片人和导演都会观看这种舞蹈马拉松比赛，有可能把你挑出来，给你安排一个电影角色……你觉得怎么样？"

"我吗？"我说，"我不擅长跳舞……"

"不需要。你只要一直在动就行。"

"我最好还是不要尝试，"我说，"最近身体很不好，肠流感刚好，差点死掉，虚弱到不得不用手和膝盖跪爬着去厕所。我想我还是算了。"我边说边摇头。

"什么时候的事情？"

"一周前。"我说。

"你现在没事了。"她说。

"我不这么觉得——还是算了，我很容易旧病复发。"

"出了问题找我。"她说。

"……要不一周以后吧。"我说。

"那太迟了，你现在撑得住。"她说。

　　……这是本法庭的审判和裁决。

共　舞

在海滩的娱乐码头有一座硕大的旧楼房，曾经是公共舞厅，舞蹈马拉松就在这里举行。它建在海上，靠地桩支撑起来。在我们脚下，在地板下面，海浪日夜不停地拍打着。我能感受到海浪如同听诊器一般在我的脚掌间摩擦。

楼房里面是一块供参赛者跳舞的地方，三十英尺宽，两百英尺长，周围三面都是包厢，后面是普通观众席。舞池尽头是一个为管弦乐队搭建的高台，他们只在晚上演奏，水平不是很高。白天我们听着通过广播扩音器播放的音乐，大部分时候都太吵了，大厅里充满了噪声。

我们有司仪，职责是让观众感觉宾至如归；两位现场裁判一直在舞池里和选手们一起走动，以确保一切正常；两名男女护士，一名急诊医生。这名医生太年轻了，看起来一点也不专业。

144对选手参加了舞蹈马拉松，61对在第一周就退出了。

规则是你连续跳一小时五十分钟，之后可以休息十分钟，在这十分钟里你想睡觉也可以，但还得剃须、洗澡、修脚或者做其他必要的事情。

第一周最难熬。每个人的腿和脚都肿了，可脚下海浪还在毫不停歇地拍打着桩子。在参加舞蹈马拉松之前，我很喜欢太平洋：它的名字、大小、颜色和气味——我曾经一坐就是几小时，盯着它看，想着那些一去不复返的船只，想着中国和南海，以及各种各样的事情……但现在不会了，我受够了太平洋，不在乎是否能再见到它。

我应该不能再看见它了，法官不允许。

我和歌洛莉娅听一些老前辈透露，赢得舞蹈马拉松的方法是完善一套十分钟休息体系：学会在剃须的时候吃三明治，学会在上厕所或者修脚的时候吃东西，学会在跳舞的时候看报纸，学会在跳舞的时候睡在舞伴的肩膀上。这些都是你必须练习的比赛技巧，一开始对我和歌洛莉娅来说很困难。

我发现参加比赛的人中有一半是专业人士，他们以参加全国各地的舞蹈马拉松为生，有的人甚至搭便车穿梭于城镇之间，剩下的就是像我和歌洛莉娅一样突发奇想来参赛的男女了。

第十三号组合是我们在比赛中最好的朋友，名叫詹姆斯·贝茨和卢比·贝茨，来自宾夕法尼亚州的北部小镇。这是他们第八次参赛，曾经连续舞动一千两百五十三个小时，在俄克拉荷马州赢得一千五百美元的奖金。当然也有其他组合以前获得过各种形式的冠军，不过我能看得出詹姆斯和卢比会是最后赢家，前提是，卢比的孩子不会在比赛结束前出生，她现在有四个月的身孕。

"歌洛莉娅怎么了？"有天我们从休息室回到舞池，詹姆斯来问我。

"没事呀，你怎么这么问？"我反问道。但我知道他的意思，歌洛莉娅又开始垂头丧气了。

"她一直说卢比不该生下这个孩子，"他说，"歌洛莉娅怂恿她打胎。"

"我不明白为什么歌洛莉娅要讲这样的话。"我试图缓和气氛。

"让她离卢比远点。"他说。

比赛第二百一十六个小时的警报奏响后，我把詹姆斯的话告诉了歌洛莉娅。

"他简直疯了，"她说，"他又懂些什么？"

"他们既然想要孩子，为什么不能要？那是他们的事，"我说，"我不想惹恼詹姆斯。他参加过好多场比赛，给我们提过不少好建议，和他闹掰有什么好处呢？"

"那女孩要生了孩子的话，真是太糟糕了。"歌洛莉娅说，"除非有足够的钱来养孩子，否则生孩子有什么意义？"

"你怎么知道人家没有？"我问。

"他们有的话来这里干什么？这就是问题所在，"她说，"每个人都在生孩子……"

"噢，不是每个人。"我说。

"你知道得可真多，你没出生的话会更好。"

"那不一定。你感觉怎么样？"我问道，尝试转移她的注意力。

"一直很糟糕，"她说，"天呐，时钟上的指针走得真慢。"

司仪的舞台上有一大块帆布，画成时钟的形状，显示多达两千五百个小时。现在时针指向二百一十六，上面有个牌子写着：已用小时数——二百一十六，剩余组合数——八十三。

"你的腿怎么样？"

"还是没什么力气，"我说，"那种流感好可怕。"

"有些女孩觉得要跳两千个小时才能赢。"歌洛莉娅说。

"希望不用，"我说，"我坚持不了那么久。"

"我的鞋子要破掉了，"歌洛莉娅说，"如果我们不赶紧找个赞助商，我就要光着脚跳了。"

赞助商是一家公司或企业，提供你运动衣，并且在衣服背面印上公司或商品的广告，同时也保证你的生活必需品。

詹姆斯和卢比在我们旁边跳舞。

"跟她说了吗？"詹姆斯看着我问。我点点头。

"等一下，"他们跳着走开时，歌洛莉娅说，"你们凭什么背着我说话？"

"让那个疯子离我远点。"詹姆斯仍然对着我说。

歌洛莉娅又要说些什么，不过在她开口前，我带着她跳走了，我不想面对任何难堪的场面。

"混蛋！"她说。

"他生气了，"我说，"我们现在怎么办？"

"来吧，"她说，"我来给他点教训。"

"歌洛莉娅，"我说，"能不能不要多管闲事？"

"小点声骂。"一个声音传来，我环顾四周，是现场裁判罗洛·彼得斯。

"你疯了吧。"歌洛莉娅说，通过手指，我能感觉她背部的肌肉在抽搐，就像通过脚掌，我能感觉海浪的涌动一样。

"安静点，"罗洛说，"包厢的人都能听见你的声音，你以为这是在哪儿？夜总会吗？"

"要是夜总会就好了。"歌洛莉娅说。

"行了，行了。"我说。

"关于骂人的事，我已经警告过你一次了，"罗洛说，"最好别让我再说一遍，观众听见了不好。"

"观众？哪里有观众？"歌洛莉娅说。

"这不需要你操心。"罗洛一边回应，一边朝我瞪眼。

"好了，别闹了。"我只好和事。

他吹响哨子，让所有人结束舞动。有些人压根没怎么动，只是勉强不被取消比赛资格。"孩子们，"他说，"来点刺激的。"

"加速冲刺，孩子们。"司仪洛基·格拉沃对着麦克风说。

扩音器里的噪声弥漫整个大厅，盖过了海浪的拍打声。

"加快速度——绕着赛道开始——音乐起。"他对乐队说，乐队开始演奏。选手们跳得更有生气了。

冲刺持续了大概两分钟，结束后洛基带头鼓掌，然后对着话筒说："女士们先生们，请看看我们的选手——经过二百一十六个小时忍耐力和技巧的较量——他们在马拉松世界冠军赛中容光焕发。这些选手一天吃七顿饭——三顿正餐和四顿便餐，有的人甚至在比赛中发福了——我们有医生和护士持续关照他们，确保选手处于最佳身体状态。现在我邀请四号组合，马里奥·佩特隆和杰基·米勒，上台表演特长。上来吧，四号组合——他们来了，女士们先生们，是不是很可爱的一对呢？"

马里奥·佩特隆，一位强壮的意大利人；杰基·米勒，一位金发碧眼的女孩，在掌声中走上台。他们和洛基交谈片刻，便跳起踢踏舞来，跳得很糟，可两人似乎都没有意识到。结束后，台下有几个人把钱扔到地板上。

"大家赏点，"洛基说，"来一场钱币雨，多赏点吧。"

又有几枚硬币落在地面上。马里奥和杰基捡起来，向我们走来。

"多少钱？"歌洛莉娅问道。

"感觉有七十五美分。"杰基答。

"你们从哪里来？"歌洛莉娅问。

"亚拉巴马。"

"我猜也是。"歌洛莉娅说。

"我们应该学一个特长，"我对歌洛莉娅说，"可以赚些外快。"

"最好别，"马里奥说，"只会多费力气，对你的腿没有任何好处。"

"你们听说过德比大战吗？"杰基问。

"那是什么？"我问。

"一种竞赛，"她说，"他们会在下一个休息时间解释这个。"

"情况越来越糟糕了。"歌洛莉娅说。

……这是一级谋杀罪。

意　外

更衣室里，洛基·格拉沃给大家介绍了活动发起人之一——文森特·索克斯·唐纳德。

"听着，孩子们，"索克斯说，"不要因为没人来观赏舞蹈马拉松而气馁，一切都要慢慢来。我们决定开展一些新奇的项目，把人流吸引过来。接下来听好了，我们打算每晚举办一场德比大战，我们会在地板上画一个椭圆，每晚每个人都要绕跑道比赛十五分钟，排名最后的一组淘汰。我保证会有很多人前来观看的。"

"想必殡仪馆的人也会来吧。"有人说。

"我们会把一些折叠床移到跑道中央，"发起人说，"医生和护士也准备就位。德比大战期间，一旦有选手摔倒，需要下场休息，其搭档就必须跑满两圈来弥补。届时比赛会给诸位带来更大的乐趣，因为我们将会有更多的观众，好莱坞那帮人来了也会拍手叫好的……好了，食物怎么样？还有什么想法吗？那就这样，孩子们，你们给我们一份信任，我们还给你们一份责任。"

我们回到舞池，没人对德比大战有意见。只要能引来人流，似乎做什么都没有不妥。

我坐在栏杆上，罗洛朝我走来。在接下来两个小时的苦差前，我还有两分钟的休息时间。

"别误会我之前说的话，"他说，"不是针对你，而是针对歌洛莉娅。"

"我知道，"我说，"她没事，只是有点愤世嫉俗而已。"

"尽量让她闭嘴。"他说。

"有点难，我会尽力的。"我说。

过了一会儿，我抬头看了看通往女更衣室的过道，惊奇地发现歌洛莉娅和卢比一起走过来，我连忙过去。

"你觉得德比大战怎么样？"我问她。

"是弄死我们的好办法。"她说。

比赛的警报又响了。

"今晚这里不超过一百人。"我说。

我和歌洛莉娅没有跳舞，我扶住她的肩膀，她搂住我的腰，一起走着。没关系，只有第一周我们必须跳舞，之后就随意了，只要一直保持移动就好。

我看见詹姆斯和卢比朝我们走来，表情很不对劲，我想要逃走，却无处可去。

"我是不是警告过你离我老婆远点？"他对歌洛莉娅说。

"去死吧，你这个大猩猩！"歌洛莉娅说。

"等等，"我说，"怎么回事？"

"她又来找卢比了，"詹姆斯说，"每次我不在，她就来纠缠。"

"算了吧，詹姆。"卢比说，想要把他拉走。

"不行，不能算了，我要你闭上你的臭嘴。"他对歌洛莉娅说。

"你见鬼——"

歌洛莉娅还没把话说完，就狠狠地挨了他一耳光，头"砰"的一声撞在我的肩膀上。我不能容忍，伸手一拳打在詹姆斯的嘴上。他用左手打了我的下巴，我一个踉跄撞在几个舞者身上，没有倒地。他冲过来，我抓住他扭打在一起，试图把我的膝盖夹在他两腿之间让他犯规，这是我唯一的机会。

一声哨声在我耳边吹响，有人抓住我们，把我们两个推开，是罗洛·彼得斯。

"别打了,"他说,"出什么事了?"

"没事。"我说。

"没事。"卢比说。

罗洛举起手来,向台上的洛基挥舞。

"音乐起。"洛基说,乐队开始演奏。

"散开!"罗洛对选手们说,他们开始走开。"跳起来!"他说着,带领他们绕着舞池舞动。

"下次我要割破你的喉咙。"詹姆斯对歌洛莉娅说。

"滚!"歌洛莉娅说。

"别说了。"我说。

我带她走开,来到一个角落,放慢速度,缓缓移动。

"你疯了吗?"我说,"你就不能别管卢比吗?"

"别担心,我不会在她身上浪费口舌了。她非想要个畸形儿那也没办法。"

"你好,歌洛莉娅。"一个声音传来。

我们四处张望,只见靠栏杆的前排包厢里坐着一位老妇人。我不知道她的名字,但她很有个性,每晚都坐在那里,带着毯子和午餐。有一晚,她裹着毯子待了一夜。老妇人六十五岁上下。

"你好。"歌洛莉娅说。

"刚才是怎么回事？"老妇人问。

"没事，"歌洛莉娅说，"只是一点小争执。"

"你感觉如何？"老妇人问。

"还好吧。"歌洛莉娅答。

"我是雷登太太，"老妇人说，"你们是我最爱的一组。"

"嗯，谢谢。"我说。

"我也想参加，"雷登太太说，"但他们不让，说我年龄太大了，可我才六十岁。"

"那很好。"我说。

我和歌洛莉娅停了下来，手臂挽着彼此，身体摇晃着。你必须一直晃动。

两个男人跟在老妇人后面进了包厢，他们在嚼没有点燃的雪茄。

"两个警探。"歌洛莉娅低声说。

"你觉得比赛怎么样？"我问雷登太太。

"精彩绝伦，"她说，"多棒的男孩女孩呀……"

"跳起来，孩子们。"罗洛边走边说。

我向雷登太太点了点头，跳动起来。

"你能想象吗？"歌洛莉娅问，"她应该在家里给孩子换尿布。天呐，希望我永远活不到这么老。"

"你怎么知道那两个家伙是警探?"我问。

"我有特异功能。"歌洛莉娅答,"老天,你能想象那位老太太吗?她对这种比赛好痴迷,他们应该收她房租。"她摇摇头,又重复道,"希望我永远不要活到这么老。"

这位老妇人对歌洛莉娅的影响很大,让她想起了老家西得克萨斯州小镇上的女人。

"爱丽丝·法耶刚进来,"一个女孩说,"看见了吗? 就坐在那儿。"

正是爱丽丝·法耶,还有几个我不认识的男人。

"看见了吗?"我问歌洛莉娅。

"我不想见到她。"歌洛莉娅说。

"女士们先生们,"洛基对着话筒说,"今晚我们非常荣幸邀请到美丽的电影明星爱丽丝·法耶小姐。女士们先生们,请热烈欢迎法耶小姐。"

大家都鼓掌欢迎,法耶小姐点点头,微笑着。坐在乐队舞台旁边包厢里的索克斯·唐纳德,同样面带微笑。好莱坞的人陆续到场了。

"快点,"我对歌洛莉娅说,"鼓掌呀。"

"我为什么要为她鼓掌?"歌洛莉娅说,"她有什么比我强的吗?"

"你嫉妒了。"我说。

"你说得对,我嫉妒了。我是个失败者,嫉妒任何成功人士。你不是吗?"

"当然不是。"我说。

"你是个笨蛋。"她说。

"嘿,快看。"我说。

两位警探离开了雷登太太的包厢,去找索克斯·唐纳德。他们把头凑在一起,看着其中一人手里拿着的纸。

"好了,孩子们,"洛基通过麦克风说,"休息前的冲刺……音乐起。"他对乐队说,同时在台上和着音乐的拍子拍手跺脚。

不一会儿,观众们也开始拍手跺脚。

我们在舞池中央转悠,所有人都望着钟表的分针。

突然,十八号组合的基德·卡姆开始猛拍搭档的脸颊,他用左手托着她,右手前后拍打,她却不省人事、毫无反应。之后她出了几声,又倒在地上,失去知觉。

现场裁判吹响哨子,所有观众都兴奋地跳了起来。观看马拉松的观众不必为他们的兴奋点做好准备,只要有意外发生,就立刻欣喜若狂。在这一方面,舞蹈马拉松就像斗牛。

裁判和几个护士拎起女孩,把她往更衣室里拽,女孩的脚趾拖在地上。

"十八号组合的玛蒂·巴恩斯晕倒了,"洛基向人群宣布,"女士们先生们,她已被带往更衣室,接受最好的医疗照顾。没什么大不了的,各位——没有关系,说明在舞蹈马拉松世界冠军赛上一切皆有可能。"

"上次休息时她一直在抱怨。"歌洛莉娅说。

"她怎么了?"我问。

"月事来了,"歌洛莉娅说,"她也不能回来了,她是那种一到这个时候就需要卧床三四天的类型。"

"我能有什么办法?"基德·卡姆说,厌恶地摇了摇头,"简直是中邪了!我已经参加九次比赛了,一次都没有比完,搭档总是出各种问题。"

"她会好起来的。"我努力安慰他。

"没戏了,"他说,"她玩完了,可以立刻回农场了。"

警报响了,意味着又一次磨难结束,大家都跑去了更衣室。

我踢掉鞋子,瘫在床上。我感觉海浪涌动了一下——就一下,我便昏睡过去。

我醒过来,鼻子里都是氨气,教练把一个瓶子放在我的下巴上,来回移动让我吸入。医生说,如果摇晃没用的话,这就是把我们从深度睡眠中唤醒的最好方法。

"好了,"我对教练说,"我可以了。"

我坐起来,伸手去拿鞋子。这时我看见那两名警探和索克斯·唐纳德站在我旁边马里奥的床前。他们在等另一个教练叫醒他,后来马里奥翻了个身,看着他们。

"你好,兄弟,"一名警探说,"知道这是谁吗?"他递过来一张纸,现在我离得够近，完全看得清，那是从警察杂志上撕下来的一页，上面有几张照片。

马里奥看了一眼，又递了回去。"是的，我知道。"他说着坐了起来。

"你变化不大。"另一位警探说。

"你个杂种，"索克斯说，握紧拳头，"你要搞什么鬼？"

"索克斯，算了，"第一位警探说，"好了，朱塞佩，收拾东西吧。"

马里奥开始系鞋带。"除了一件外套和一把牙刷，我什么也没有，"他说，"但我要跟搭档告别。"

"你这个狗东西，"索克斯说，"难道这样登在报纸上就很体面了吗？"

"别管你的搭档了，朱塞佩。"第二位警探说。"嘿，哥们，"他对我说，"你替朱塞佩向他的搭档告别吧。""快走，朱塞佩。"他又转向马里奥。

"兄弟，把这杂种从后门带走。"索克斯·唐纳德说。

"大家在舞池就绪，"现场裁判大喊，"大家在舞池就绪。"

"再见，马里奥。"我说。

马里奥一言不发。

一切发生得非常安静平淡，警探们表现得好像这种事每天都会发生似的。

……陪审团判定你有罪。

日　落

　　就这样，马里奥进了监狱，玛蒂回了乡下。

　　还记得他们以谋杀罪逮捕马里奥时，我有多瞠目结舌、难以置信。他是我见过的最好的男孩之一。当时我始料不及，但现在我明白，你既可以是好人，也可以是杀人犯。

　　没人比我对歌洛莉娅更好，可我还是开枪打死了她，所以友善并不意味着什么……

　　玛蒂被自动取消了比赛资格，因为医生不允许她继续参赛，说，如果继续跳就会伤到某些器官，永远生不了小孩。

　　歌洛莉娅说，她对此大吵大闹，各种辱骂医生，坚持拒绝退出。

然而她还是退赛了,别无二法,他们让她离开。

结果是她的搭档基德·卡姆和杰基组成一队。根据规定,你可以单独参赛二十四个小时,但这段时间内没有找到新搭档的话,就会被踢出比赛。基德和杰基似乎对新的安排相当满意。杰基对失去马里奥没有太大反应,她的态度是搭档就是搭档。不过基德欣喜若狂,仿佛终于打破了自己的魔咒。

"他们可能会赢,"歌洛莉娅说,"看上去筋信骨强,亚拉巴马州的人以玉米为食。瞧她的屁股,再跳六个月也没问题。"

"我赌詹姆斯和卢比会赢。"我说。

"就冲他们那样待我们?"

"这与那个有什么关系?再说,我们是怎么回事?我们难道就不可能赢吗?"

"可能吗?"

"好吧,你好像很悲观。"我说。

她摇摇头,没有回答。"我越来越希望自己可以死掉。"她说。

又来了,无论我说什么,她总能绕回这个话题。"我们能不能聊点什么让你忘记死亡这件事?"我问。

"不能。"她说。

"我放弃。"我说。

舞台上有人调小了音量,音乐听起来终于有点样子了。乐队不在的时候我们一直使用广播,现在是下午,乐队要到晚上才来。

"女士们先生们,"话筒传来洛基的声音,"我非常荣幸地宣布,两位赞助商已经出面为两对组合提供赞助。位于415B大道的庞帕多美容美发店将赞助十三号组合——詹姆斯·贝茨和卢比·贝茨。女士们先生们,让我们给415B大道的庞帕多美容店以热烈的掌声——还有你们各位……"

大家纷纷鼓掌。

"第二对获得赞助的组合是,"洛基说,"三十四号,佩德罗·奥尔特加和莉莲·贝肯,他们由海洋修车厂赞助。好了,现在,让我们热烈欢迎位于圣塔莫尼卡市海洋大道11341号的海洋修车厂。"

大家再次鼓掌。

"女士们先生们,"洛基说,"我们还应该有更多赞助商来支持这些天赋异禀的选手们。请转告你们的朋友,为我们的选手拉赞助吧!亲爱的各位,看看他们,经过二百四十二个小时的持续舞动,依然容光焕发……女士们先生们,为这些出类拔萃的参赛选手,热烈鼓掌吧!"

接着又是一阵掌声。

"不要忘记,诸位,"洛基说,"在大厅尽头的棕榈花园里,你们可以享用美味的餐点——有各种各样的啤酒和三明治。大家请前往棕榈花园……音乐起！"他对着广播说，转动旋钮，大厅里又充满噪声。

我和歌洛莉娅走向佩德罗和莉莲。佩德罗是个瘸腿，据说他在墨西哥城的斗牛场被牛角顶伤了。莉莲有着深褐色头发，参加舞蹈马拉松前也是一门心思想要演电影。

"恭喜你们。"我说。

"说明是有人支持我们的。"佩德罗说。

"反正不可能是米高梅电影公司，修车厂也算不错吧，"莉莲说，"只是让修车厂给我买内衣，感觉有点怪怪的。"

"你从哪儿听说内衣这件事的？"歌洛莉娅说，"没有内衣，只有一件背后印着修车厂名字的运动衣。"

"也有内衣。"莉莲说。

"嘿，莉莲，"现场裁判罗洛说，"海洋修车厂的工作人员现在想和你谈谈。"

"谁？"莉莲问。

"你的赞助商，伊尔根太太——"

"哎呀，"莉莲说，"佩德罗，看来你拿到内衣了。"

我和歌洛莉娅走过司仪的舞台。下午这个时候，那边的景色很美。从棕榈花园酒吧上方的双层窗户里照射进来一大片三角形的阳光，只持续了十分钟，就在这十分钟内，我在里面慢慢地走动（我必须一直走动,以免被取消资格),让阳光完全覆盖我。这是我第一次欣赏阳光。

"等这场马拉松结束,"我告诉自己,"我要在阳光下度过余生,我迫不及待想去撒哈拉沙漠拍摄一部影片。"

当然,现在已经不可能了。

我看着地上的三角形越来越小。

最后,它完全闭合,爬上我的腿和身体,如同活物一样。当它到达我的下巴时,我踮起脚尖,尽可能长时间地触碰它。

我不仅没有闭上眼睛,还把双眼瞪得大大的,直视着太阳,我一点儿也没有眼花。不一会儿,阳光消失了。

我四处寻找歌洛莉娅,她站在舞台上,边左右摇摆,边和蹲坐着的洛基说话,洛基也在摇摆。(比赛规定,所有的职员——医生、护士、现场裁判、司仪,甚至卖汽水的男孩——在跟选手讲话时都要保持舞动,主办方对此非常严格。)

"你踮着脚尖站在那儿的样子很滑稽,"歌洛莉娅说,"像个芭蕾舞演员。"

"你也可以试试,我让你来段独舞。"洛基笑着说。

"好的,"歌洛莉娅说,"今天的阳光如何?"

"别让他们捉弄你。"五号组合的麦克·阿斯顿路过时说。

"洛基!"一个声音叫道,是索克斯·唐纳德。洛基从舞台下来走过去。

"你这样嘲笑我不太好吧,"我对歌洛莉娅说,"我从没取笑过你。"

"你也不必,"她说,"我被厉害的人取笑过,上帝取笑了我……你知道索克斯·唐纳德叫洛基干什么吗?想来点内幕消息吗?"

"什么?"我问。

"你知道六号组合——弗雷迪和那个曼斯基女孩,女孩母亲要指控他和索克斯。女孩是离家出走的。"

"我看不出这有什么问题。"我说。

"她是未成年,"歌洛莉娅说,"只有十五岁。老天,就这样带着她四处乱窜,这家伙可真应该长点脑子。"

"为什么要怪弗雷迪?又不是他的错。"

"法律规定就是他的错,"歌洛莉娅说,"这才是最重要的。"

我把歌洛莉娅带回索克斯和洛基站着的地方,想要偷听他们的谈话;但他们的声音太小了,更确切地说,是索克斯一直在讲,洛基在听,点着头。

"马上。"我听到索克斯说。洛基点头表示明白,然后回到舞池,路过时向歌洛莉娅机智地眨了眨眼。

他找到罗洛·彼得斯，把他叫到一边，耳语片刻。之后罗洛离开，四处张望，仿佛在找人。洛基重新回到舞台。

"各位选手距离应有的休息时间还有几分钟，"洛基对着麦克风宣布，"女士们先生们，他们离开舞池后，我们的油漆工将在地面上画一个大椭圆，为今晚的德比做好准备。德比之战大家不要忘记，这绝对会成为你们见过的最激动人心的时刻——好了，孩子们，还有两分钟时间——冲刺一下——让观众朋友们欣赏你们的活力四射——女士们先生们，大家也一样，让我们了不起的选手们看见你们的热情和鼓励！"

他调大广播音量，边拍手边跺脚，观众开始加油鼓劲，我们也跳得更积极些，不是因为受到鼓舞，而是因为一两分钟后到了休息时间，我们可以开饭了。

歌洛莉娅推了推我，我抬头看见罗洛·彼得斯走在弗雷迪和曼斯基女孩之间。我想女孩在哭，还没等我和歌洛莉娅追上他们，警报就奏响了，所有人涌进更衣室。

弗雷迪站在折叠床旁边，把一双多余的鞋子塞进一个小拉链袋里。

"我听说了，"我说，"真的很抱歉。"

"没关系，"他说，"只不过是她先主动的……如果在警察来抓我之前逃出城，我就没事了。谢天谢地，索克斯探到了风声。"

"你要去哪儿？"我问。

"可能往南吧，我一直想去墨西哥看看，再见。"

"再见。"我说。

他走得悄无声息。当他从后门出去时，我瞥见阳光在海面上闪烁。

那一刻我呆住了，触物兴怀。我不知道自己是惊讶于近三周以来第一次真正看见太阳，还是发现了那扇门。我走过去，希望太阳在我到达之前不要消失。

我唯一一次这么迫切还是在小时候的一个圣诞节。我走进前厅，看见圣诞树上的灯都亮了。那是我第一次明白圣诞节的意义。

我打开门。在世界的尽头，太阳沉入大海，它是如此鲜红炙热，让我纳闷为什么没有蒸汽出来。

我曾经看过海面冒出蒸汽，那是在海滩的高速公路上，一些人正在处理火药，突然爆炸了，点燃了他们。他们奔跑着跳入海里，这时我看见了蒸汽。

太阳的颜色射入薄云，将它们染红。在太阳下沉的地方，海面风平浪静，和大海应有的样子不同，它真的太可爱、太可爱、太可爱、太可爱、太可爱、太可爱了……

几个人在码头钓鱼，对日落全然不知，一群傻子。

"你们更需要看日落，而不是钓鱼。"我心里默默地说。

门从我手中飞出去，砰的一声关上，声音响得就像大炮爆炸。

"你聋了吗？"一个声音在我耳边怒吼，是一位教练。

"不要开门！你难不成想被取消资格？"

"我只是在欣赏日落。"我说。

"有没有搞错？你该睡觉了，你需要睡眠。"他说。

"我不需要睡眠，"我说，"我感觉很好，这辈子都没这么好过。"

"无论如何你都要休息，"他说，"只剩几分钟了，走吧。"

他跟着我穿过舞池来到我的折叠床前。我留意到更衣室的味道不太好，我对难闻的气味很敏感，不知道为什么以前没有注意这种满屋子男人的味道。我踢掉鞋子，仰面躺下。

"你的腿要按摩吗？"他问。

"不用，"我说，"我的腿没问题。"

他自言自语几句后离开。

我躺在那里，心想着日落，努力回忆它的颜色。我指的不是红色，而是其他色度。有那么一两秒我几乎想起来了，仿佛是一个你曾经认识却淡忘的人，你记得他的身材、名字的字母和说话的腔调，却怎么也无法将它们组合起来。

通过床腿，我能感觉大海在颤抖地击打下面的桩子，忽起忽落，忽起忽落，时来时去，时来时去……

警报响起，叫醒我们，催我们回到舞池，我很高兴。

　　……背负着法律的极刑。

悸　动

油漆工已经完工了。他们绕着舞池，用粗白线画了一个椭圆形，作为德比大战的跑道。

"弗雷迪走了。"我对歌洛莉娅说，我们一起走到放着三明治和咖啡的桌子旁。（这顿是便餐，我们晚上十点吃正餐。）

"曼斯基女孩也走了，"歌洛莉娅说，"两名福利工作者来接她，她妈妈肯定饶不了她。"

"这样说不好，"我说，"但弗雷迪的离开是我生命中最光明的时刻。"

"他怎么惹你了？"她问。

"噢，我不是那个意思，"我说，"要不是送他走的话，我就没机会看到日落。"

"我的天,"歌洛莉娅望着三明治说,"这世界上除了火腿就没别的了吗?"

"对你来说,那就是火鸡。"排在我后面的麦克·阿斯顿开玩笑说。

"这里有一个牛肉的,"护士说,"你要不要?"

歌洛莉娅拿走牛肉三明治,也把火腿的带上了。"给我加四块方糖,"她对正在倒咖啡的罗洛说,"还有很多奶油。"

"她的胃口大如马呀!"麦克·阿斯顿说。

"黑咖啡。"我对罗洛说。

歌洛莉娅把食物端到司仪台上,乐队正在调音。

洛基·格拉沃看见她就跳下来跟她聊天。没有位置了,我就绕到对面去了。

"你好。"一位女孩上来搭讪。背后的号码牌写着七号。她有着黑色的头发和眼睛,长得相当漂亮。我不知道她的名字。

"你好。"我回答道,环顾四周,想看看谁是她的舞伴。那个人正在跟前排包厢的几个女人说话。

"你情况如何?"七号女孩问,声音听起来像受过良好的教育。

"她要做什么?"我心里默念。

"还不错,"我答道,"只希望比赛能结束,我能拿冠军。"

"要是赢了钱,你打算做什么呢?"她笑着问。

"拍一部电影。"我说。

"一千美元也拍不了什么好片子吧?"她啃了一口三明治,问道。

"噢,我指的不是那类大制作电影,"我赶紧解释,"我指的是短片。大概两卷胶片,或者三卷那种。"

"我很感兴趣,"她说,"我观察你两周了。"

"是吗?"我惊讶地说。

"没错,我每天下午都看见你站在那里晒太阳,脸上有一千种不同的表情,有时我以为你被吓坏了。"

"你一定搞错了,"我说,"那里有什么吓人的呢?"

"我无意中听到你跟舞伴说起今天下午的日落。"她面带笑容地说。

"那不能说明什么。"我说。

"假设……"她说着,瞥了瞥周围,然后皱着眉头看了眼钟表,"我们还有四分钟,你愿意帮我个忙吗?"

"嗯……可以。"我说。

她点头示意,我跟她来到司仪台的后面。这个台子大约有四英尺高,铺着厚重的、垂到地面的装饰布。

我们独自站在一个类似洞穴的地方,由舞台后部和许多标识围成。除了噪声之外,好像全世界只有我和她两个人似的。我俩都有点兴奋。

"快来。"她说，趴在地上，掀起桌布，爬到舞台下面。我的心怦怦直跳，脸涨得通红，脚掌下面的海浪敲击着地桩。

"快来。"她拉着我的脚踝，低声说。

我突然明白了她的意图。

生活索然无味，一些事情发生在你身上，你以为那会是崭新的经历，但是你错了。你只需要去看、去闻、去听、去感受，就会发现这些体验都不新奇。

当她拉着我的脚踝，想把我拽到舞台底下时，我想起曾有另一个女孩也做过同样的事。当时不是舞台，而是前廊，我大概十三四岁的样子，女孩年龄相仿，名叫梅布尔，住在隔壁。放学后，我们常常在前廊下玩耍，假装那里是洞穴，而我们是强盗和囚犯，后来还玩过爸爸和妈妈的游戏，把那里想象成房子。

不过这一天，我站在前廊，完全没有想梅布尔或游戏的事，突然感觉有东西拉我的脚踝，低头一看，是梅布尔。

"快来！"她说。

舞台下一片漆黑，我跪下来到处张望，忽然七号女孩搂住我的脖子。

"快点……"她低语。

"出了什么事?"一个男人咆哮着,离我很近,我的头发能感觉他的呼气,"里面是谁?"

我认出是谁的声音了,是洛基·格拉沃。

我的胃一阵翻腾,七号女孩松开我的脖子,从舞台下面滑出来。我不敢道歉或者说话,生怕洛基听出我的声音,于是我快速滚到窗帘下面。

七号女孩已经站起来走开了,回头看着我,脸色煞白。我们都闭口不语,走进舞池,装作一副什么都没有发生的样子,护士正在用篮子收喝过的咖啡杯。我发觉自己的手和衣服满是灰尘,距离警报声还有几分钟时间,我冲到更衣室洗刷干净。一切妥当后,我感觉好多了。

"真是好险呀,"我自言自语,"我再也不会做那样的事了。"

警报叫起来,我回到舞池,乐队开始表演,虽然演奏水平欠佳,可比广播强多了,因为你不必听一大堆播音员恳求你购买东西。自从参加了舞蹈马拉松,我就恨透了广播,一辈子也不想再听了。

现在法庭对面的大楼里就正在播放广播,声音非常清晰:"你需要赚钱吗?……你遇到麻烦了吗?……"

"你上哪儿去了?"歌洛莉娅抓住我的手臂问。

"哪儿也没去,"我说,"想要跳舞吗?"

"好的。"她说。我们绕舞池跳了一圈,她停下来,说:"这太像在工作了。"

我把手从她的腰上拿开时,发现手指又脏了。"好奇怪,"心想,"我刚刚才洗过。"

"转过身来。"我对歌洛莉娅说。

"怎么了?"她问。

"转过来。"我说。

她咬住嘴唇犹豫着,我走到她身后。她穿着白色羊毛裙和白色羊毛薄针织衫,背后覆盖着厚厚的一层灰尘,我知道是怎么来的。

"怎么了?"她说。

"站着别动。"我说。用手拂去她毛衣和裙子上的灰尘和绒毛。

她沉默了一会儿,最后开口:"我想一定是在更衣室和莉莲摔跤时沾上的。"

"我可不像她想的那么傻。"我心想。

"应该是的。"我说。

我们在舞池漫步时,罗洛·彼得斯加入进来。

"那个女孩是谁?"我指着七号女孩问。

"那是盖伊·杜克的舞伴,名叫罗斯玛丽·洛夫特斯。"

"你的品位真差。"歌洛莉娅说。

"我只是问她是谁,"我说,"我对她没有好感。"

"你也不必,"歌洛莉娅说,"罗洛,快告诉他。"

"别把我扯进来,"罗洛摇着头说,"我对她一无所知。"

"她怎么了?"我问歌洛莉娅。这时罗洛离开,走到詹姆斯和卢比·贝茨夫妇当中。

"你真的不知道吗?"她说,"说实话,真的吗?"她摇着头放声大笑,"你简直是个活宝。"

"好吧,算了。"我说。

"哎呀,那个女人是密西西比河以西最大的荡妇,"她说,"是个受过特殊教育的荡妇,这种荡妇就是最坏的那一种,坏到她在的时候女孩都不能去厕所……"

"你好呀,歌洛莉娅。"雷登太太喊道。她坐在大厅尽头前排包厢的老位置上,远离司仪台。

我和歌洛莉娅走到栏杆前……

"我最喜欢的搭档,你们今天怎么样?"她问。

"很好,"我说,"你还好吗,雷登太太?"

"我也很好,"她说,"今晚我要待很长时间。你看看,"她指着旁边椅子上的毯子和午餐篮,"我要为你们加油。"

"我们万分感激。"歌洛莉娅说。

"你怎么不去棕榈花园打包些吃的过来呢?"我问,"晚点大家开始喝酒后,酒吧就会变得很吵——"

"不必了,"她笑着说,"我喜欢在这里观看德比,看他们转弯。你们要今天下午的报纸吗?"她问着,从毯子底下抽出一份报纸。

"谢谢,"我说,"我确实想知道世界发生了什么大事。最近天气怎么样?外面变化大吗?"

"你在取笑我。"她说。

"不,不,我没有……我像是在这里待了一百万年……谢谢你的报纸,雷登太太……"

我们离开后,我打开了报纸,黑色的大标题映入眼帘。

"舞蹈马拉松杀人犯缉拿归案,在逃犯参加沙滩比赛

警探昨天在圣塔莫尼卡市娱乐码头的舞蹈马拉松上抓获一名杀人犯,他是二十六岁的意大利人朱塞佩·洛迪,八个月前从位于乔利艾特的伊利诺伊州监狱越狱。他因在芝加哥持械杀害一名年长药剂师而被判入狱五十年,潜逃前已服刑四年。

洛迪以马里奥·佩特隆的化名参加舞蹈马拉松,被行劫科警探布里斯和博伊特抓捕时没有反抗。据说,警探临时起

意前来舞蹈马拉松进行消遣娱乐,不料通过一张照片认出了洛迪。这张照片来自一本颇受欢迎的刑警月刊《名单》,上面有通缉要犯的照片和身高体重等信息……"

"你能相信吗?"我说,"发生这一切的时候,我就在他身边。现在真为马里奥感到难过。"

"为什么不呢?"歌洛莉娅说,"我们之间有什么不同?"

佩德罗·奥尔特加、麦克·阿斯顿和其他几个人围着我们,议论纷纷。我把报纸递给歌洛莉娅,独自往前走。

"真见鬼,"我想,"五十年呀!可怜的马里奥……"

如果马里奥听到我的新闻,他会想:"可怜的家伙!前面还在同情我呢,如今自己要被绞刑了……"

下一轮休息时,索克斯·唐纳德给了我们一个惊喜,发了我们德比大战时要穿的衣服:网球鞋、白色短裤、白色运动衫。所有男选手都得到了一根粗皮带系在腰上,皮带两侧都有类似行李上的小把手的东西,为了方便转弯时让舞伴抓住。当时我觉得很愚蠢,后来发现索克斯·唐纳德是明智的。

"听着,各位,"索克斯说,"今晚,我们将开启第一个高光时刻,会有众多电影明星前来观看德比大战,他们走到哪里,就会有人群跟到哪里。今晚有组合会输——每晚都有组合会输，我不希望有人对此大惊小怪，因为这很公平，每个人都有相同的机会。你们有额外的时间换上和脱下运动服。顺便说一下，今天下午我和马里奥·佩特隆谈过了，他让我向所有的朋友道别。好了孩子们，别忘记德比大战过程中观众会为你们下注——"

我很惊讶他提到马里奥，因为前一晚马里奥被捕时，索克斯恨不得揍他一顿。

"我以为他恨死了马里奥。"我对罗洛说。

"已经不恨了，"罗洛说，"这是我们现在取得的最好成绩。没有报道，根本没人晓得这场舞蹈马拉松。报纸宣传正是我们想要的，现在整个下午场都被预约满了。"

……你，罗伯特·西弗顿，将被送往……

苦　战

那天晚上，自比赛开始以来，大厅里第一次挤满了人，几乎座无虚席。棕榈花园也是水泄不通，酒吧里全是热闹的说笑声。

"罗洛是对的，"我心想，"马里奥的逮捕是索克斯最厉害的突破。"（不过，并不是所有人都是被报纸的报道吸引过来的。后来我才知道，索克斯在几家广播电台为我们做广告。）

我们穿上运动衣，与此同时教练和护士为德比大战布置赛场。

"我感觉像在裸奔。"我对歌洛莉娅说。

"你看起来是在裸奔，"她说，"你应该穿上护身裤。"

"他们没有给我，"我说，"有那么明显吗？"

"不仅如此,"她说,"你的裤子也容易崩裂,明天让罗洛给你买一条,有三个尺寸——小、中、大,你拿小号。"

"不是我一个人。"我说,环顾了其他几个男选手。

"他们在逞强。"歌洛莉娅说。

大多数选手穿着运动衣看起来很滑稽,我从没见过这么奇形怪状的胳膊和腿。

"看,"歌洛莉娅说,朝詹姆斯和卢比点点头,"是不是很厉害?"

看得出卢比很快要生了,样子仿佛运动衣里面塞了枕头。

"确实很厉害,"我说,"但记住,不关你的事。"

"女士们先生们,"麦克风里传来洛基的声音,"在激动人心的德比大战开始之前,我来宣布比赛规则。由于参赛选手数量较多,比赛将分为两场举行——上下场各四十组。第二场将在第一场结束后几分钟开始,每一场的参赛选手将通过帽子抽签决定。

"我们第一周比赛分上下两场,每场在规定时间内完成最少圈数的组合将被淘汰,从第二周开始改为一场比赛。比赛时间是十五分钟,绕跑道进行,男选手竞走,女选手根据情况小跑或跑步。获胜者没有奖品,但如果在座各位想提供奖金以资鼓励,选手们会乐意收下的。

"舞池中央摆有折叠床,护士和教练在旁待命,且备有切片橙子、湿毛巾和嗅盐,医生负责查看选手的身体状况,以确保安全。"

年轻医生站在舞池中央,听诊器挂在脖子上,一本正经的样子。

"等一下,女士们先生们——等一下,"洛基说,"我手上有一张十美元的钞票,是给今晚德比大战获胜者的。这张钞票来自一位卓越的电视明星,卢比·基勒小姐。女士们先生们,为基勒小姐鼓掌——"

卢比·基勒起身,面对掌声鞠躬。

"女士们先生们,这就对了,"洛基说,"现在我们需要一些评委,来检查选手的比赛圈数。"他停下来擦去脸上的汗水。"好了女士们先生们,我需要你们出列当裁判——一共四十个人,站到这里来——别害怕——"

一时没有人起立,雷登太太突然从栏杆下面钻出来,穿过舞池,经过我和歌洛莉娅身边时,微笑着使了个眼色。

"也许她还能帮个忙。"歌洛莉娅说。

其他一些人也跟着雷登太太走出来,所有裁判都齐了。罗洛给他们每人一张卡片和一支铅笔,让他们坐在舞台周围。

"很好,各位,"洛基说,"我们拥有足够的裁判了。现在第一场德比大战抽签开始,这顶帽子里有八十个数字,我们从中抽取四十个,没有抽中的组合将参加第二场比赛。谁来抽签呢?女士,你来吧?"他把帽子传向雷登太太,雷登太太微笑点头。

"她可算见识到大场面了。"歌洛莉娅讽刺地说。

"我觉得她是位非常可爱的老太太。"我说。

"拉倒吧。"歌洛莉娅说。

雷登太太开始抽出号码,递给洛基,洛基对着话筒宣布。

"第一张,"他说,"是一百零五号组合。站到这边,孩子们——所有抽中的组合站到舞台这边来。"

雷登太太一抽出号码,洛基就宣读,然后把号码传给一位裁判,这位裁判就负责数对应号码组合的圈数。

"……二十二号组合。"洛基说着,把号码给了一位戴眼镜的年轻人。

"快来。"我对歌洛莉娅说,这是我们的号码。

"我想要那张,"只见雷登太太对洛基说,"那是我最爱的组合。"

"对不起,女士,"洛基说,"你必须按顺序拿。"

抽签结束,我们聚集在起跑线附近。洛基说:"观众朋友们,比赛即将开始。各位男选手们,别忘记是竞走。如果你们因为什么原因需要下场,你们的搭档就要跑两圈才能算一圈。基勒小姐,你来开赛吧?"

她点头同意,洛基把手枪递给罗洛,罗洛又传给基勒小姐。她和一名陌生女孩同坐在前排包厢里,不见乔尔森的身影。

"女士们先生们,大家坐稳,"洛基说,"基勒小姐……"他举手示意。

我和歌洛莉娅沿着舞台一侧一点点向起跑线移动,基勒小姐一扣动扳机，我们就迅速出发，推推搡搡挤到前面。歌洛莉娅抓着我的胳膊。

"抓住腰带。"我大喊，挣扎着穿过人群。每个人都磕磕绊绊，争相往前挤……但不一会儿，我们就疏散开来，开始绕着跑道狂奔。我迈着大步，歌洛莉娅要小跑才能跟上来。

"要竞走，"罗洛说，"你在跑步。"

"我已经尽力了。"我说。

"竞走，"他说，"像这样——"

他走到我面前演示，我很快学会了。诀窍是保持肩膀和手臂的节奏性，掌握起来毫不费力，似乎自然而然就做到了，简单到我以为自己以前曾经竞走过。我想不起来了，肯定没有，毕竟我的记忆力很好。

比赛进行了大概五分钟，我们一直名列前茅。

这时我发觉歌洛莉娅停了下来，也就是，她已经不再用力了，我在拖着她前进，感觉她要让皮带拽穿我的肚皮。

"太快了吗？"我问，速度慢了下来。

"是的。"她回答，上气不接下气。

护士把一条湿浴巾扔在我脖子上，差点让我失去平衡。

"擦擦脸。"我对歌洛莉娅说……就在这时，三十五号组合插到我们前面，想先转弯，这一急冲让女孩支撑不住了。跟跄起来，松开了抓住腰带的手。

"三十五号需要救援！"洛基·格拉沃喊道。可护士和教练还没赶到，她就脸朝下摔倒，在地板上滑了几英尺。

如果当时只有我一人，是可以躲开她的，但歌洛莉娅挂在我身上，我担心一旦躲开，就会把她甩出去。（带着一个女孩转弯就像玩抽鞭子游戏一样。）

"当心！"我大叫，不过已经来不及了，歌洛莉娅被地上的女孩绊倒，把我也拖到地上。接下来就是四五个组合同时摔在一起，再挣扎着站起来。洛基通过麦克风说了什么，人群沸腾了。

我爬起来，没有骨折，只是从膝盖灼烧的程度得知皮肤都破皮了。护士和教练都冲过来，拉起女孩，把歌洛莉娅和卢比抬到休息区的折叠床上。

"没什么大不了的，女士们先生们，"洛基说，"不过是有选手摔倒了……德比大战随时会有状况发生……休息区女孩们的搭档需要竞走两圈才算整圈。年轻人，让单枪匹马的选手们跑内圈吧。"

为了不失去我们的优势地位，我开始走得飞快。歌洛莉娅终于不再抓着皮带了，我感到如释重负。一位护士和一名教练正在照顾她，同时医生用听诊器检查她的心跳。护士把嗅盐放在她的鼻子前，教练为她按摩腿。另一组教练和护士在对卢比做同样的事情。我走了四圈歌洛莉娅才回到舞池，脸色惨白。

"可以坚持下去吗？"我放慢速度问，她点点头。观众在鼓掌跺脚，洛基对着麦克风说话。卢比也回到比赛，看上去筋疲力尽。

"别紧张，"罗洛来到我旁边，"你没有危险。"

此刻我感到左腿一阵钻心的剧痛，刺透全身直穿脑壳。"完了，"我对自己说，"我瘫痪了。"

"踢出去，踢出去。"罗洛说。

我的腿弯曲不了，不听使唤，僵硬得像块木板，每走一步，剧痛便会袭来。

"二十二号抽筋了，"洛基通过麦克风说，"教练快去救援——"

"踢出去，踢出去。"罗洛说。

我用腿踢地板，疼痛来得更剧烈了。

"踢出去，踢出去——"

"王八蛋，"我说，"我的腿疼！"

两个教练抓住我的手臂，扶我到休息区。

"那边是勇敢的二十二号姑娘，"洛基解说道，"歌洛莉娅·比蒂小姐，多么无所畏惧的女孩！她的搭档因为抽筋下场了，她在独自作战——看她像团火一样在跑道上燃烧！把内圈让给她，孩子们——"

一位教练压低我的肩膀，另一位则用拳头上下敲击我腿上的肌肉。

"好痛。"我说。

"放松点,"扶着我肩膀的教练说,"以前没有这样过吗?"

这时我感觉腿上有什么东西"啪"的一声,疼痛感突然消失了。

"好了。"教练说。

我站起来,状态不错,回到跑道等待歌洛莉娅。她在我对面小跑着,每迈一步脑袋都上下摆动,我不得不等她跑过来。(规则是你必须从你摔倒的地方重新开始。)歌洛莉娅靠近我时,我开始竞走,不一会儿她就抓住了皮带。

"还有两分钟,"洛基宣布,"观众朋友们,给他们加油吧——"他们的鼓掌和跺脚声比之前更大了。

其他组合从我们身边飞奔而过,我又加了把劲。我非常确定我和歌洛莉娅不是最后一名,但我们都去过休息区,也不想冒被淘汰的风险。结束的枪声响起时,一半的队伍都瘫倒在地。我转头看向歌洛莉娅,她眼神呆滞,就要晕倒了。

"嘿……"我对护士喊道。就在这时,歌洛莉娅栽了下来,我只能自己去扶她,把她抱到休息区。

"嘿!"我对教练大喊,"医生!"

没有人理我,他们都忙着扶病号,观众们站在座位上,激动地尖叫。

我用湿毛巾给歌洛莉娅擦脸,雷登太太突然出现在我旁边,从床边桌子上拿了一瓶嗅盐。

"你去更衣室吧,"她说,"歌洛莉娅马上就没事了,她只是不习惯这种强度。"

我坐船去塞得港,去撒哈拉沙漠拍那部影片。那时我名扬四海,腰缠万贯,是世界上最德高望重的电影导演,比谢尔盖·爱森斯坦更厉害,《名利场》和《时尚先生》的评论家一致认为我是个天才。我在甲板上漫步,回忆着曾经参加过的舞蹈马拉松,想着那些男孩女孩都变成了什么样。这时有东西狠狠地敲在我的后脑勺上,我被打晕了,坠落下去。

掉入水中那一刻,我拼尽全力踢腿挣扎,因为我怕鲨鱼。有东西拂过我的身体,我吓得惨叫起来。

我从在冰冷的水中做着游泳的梦里醒来,立刻意识到自己在哪儿。

"做了个噩梦。"我自言自语道。

拂过我身体的东西是一块一百磅重的冰块,我在更衣室的小水箱里,依然穿着运动服。我爬出来,瑟瑟发抖,教练递给我毛巾。

另外两名教练走进来,抬着一个昏迷的选手,是佩德罗·奥尔特加。他们来到水箱前把他扔进去。

"我也是这样吗?"我问。

"是的,"教练说,"你离开舞池就晕倒了。"

佩德罗用西班牙语嘟囔着，拍打水面，试图要出来。

教练大笑："索克斯买这个水箱是绝对明智的，冰水马上就能治好他们。把他的湿裤子和鞋子都脱掉。"

……由洛杉矶县警长致州立监狱典狱长。

暴　乱

比赛时长 752 小时；

剩余选手 26 对。

德比大战击垮了许多人，两周内五十多对组合被淘汰。

我和歌洛莉娅有一两次险些落败，最终咬牙坚持下来。后来我们改变了策略，稳妥了许多：我们不再尝试赢得比赛，只要不是最后一名都无所谓。

我们也有了赞助商：乔纳森无脂啤酒。这个赞助来得恰到好处，我们的鞋子和衣服都破了。雷登太太说服乔纳森啤酒赞助我们。"雷登太太，你都三顾茅庐了，看来我必须得来了。"他们提供给我和歌洛莉娅三双鞋、三条灰色法兰绒裤子和三件运动衣，每件后面都印有他们产品的广告。

自比赛以来，我增重了五磅，开始抱有幻想也许我们有机会赢得那一千美元的头奖。不过歌洛莉娅甚是悲观。

"比赛结束后你打算做什么？"她问。

"担心那个干吗？"我说，"还没结束呢，不知道你在焦虑什么，现在比以前强多了——至少不用担心没饭吃。"

"我真不想活了，"她说，"希望上帝赐死我。"

她一遍又一遍地说着，搞得我也心烦意乱。

"总有一天上帝会帮你这个小忙的。"我说。

"希望他会……我如果有勇气帮他做了就好了。"

"假如我们赢了，你可以拿着你的五百美元去别的地方，"我说，"你可以结婚，有很多小伙子愿意结婚的，你没有想过吗？"

"想过很多，"她说，"可我永远嫁不到我想嫁的那种人，愿意娶我的都是我不喜欢的，小偷或皮条客之类的。"

"我明白你为什么这么消极，"我说，"过几天会好的，到时候就不会这样了。"

"与比赛没有关系，"她说，"真的没关系，我连腰酸背痛都没有。

整件事就像旋转木马，我们进去什么样，出来还会是什么样。"

"我们一直在吃饭睡觉。"我说。

"推迟一件注定要发生的事情又有什么好处呢？"

"嘿，乔纳森啤酒，"洛基·格拉沃喊道，"到这儿来——"

他和索克斯·唐纳德站在舞台旁，我和歌洛莉娅走过去。

"你们想不想赚一百美元？"洛基问。

"要干什么？"歌洛莉娅问。

"是这样，"索克斯·唐纳德说，"我有一个好主意，只是需要一点帮助——"

"本·伯尼效应。"歌洛莉娅对我说。

"什么？"索克斯说。

"没事，"歌洛莉娅说，"继续——你需要一点帮助。"

"没错，"索克斯说，"我想让你们两位在这里结婚，办一场公众婚礼。"

"结婚？"我说。

"等一下，"索克斯说，"没那么糟，我给你们每人五十美元，马拉松结束后你们可以选择离婚，不是永久的，只是一场表演。怎么样？"

"我觉得你有病。"歌洛莉娅说。

"她不是那个意思，唐纳德先生……"我说。

"真见鬼，"她对索克斯说，"我不反对结婚，但你怎么不选加里·库珀，或者什么大牌制作人或导演呢？我不想嫁给这家伙，我自己已经够多麻烦了……"

"这个结婚不是当真的，"洛基说，"只是作秀。"

"是的，"索克斯说，"当然，仪式必须一板一眼——目的就是为了吸引观众。不过……"

"你不需要婚礼来吸引观众，"歌洛莉娅说，"你已经够显眼了，每天晚上看那些可怜的家伙摔得满地都是，还不够作秀的吗？"

"你还是目光短浅了。"索克斯皱起眉头说。

"该死，"歌洛莉娅说，"我看得比你清楚。"

"你想拍电影，现在机会来了，"索克斯说，"有几家店铺争相要给你准备婚纱和婚鞋，还有一家美容美发店可以为你做造型——到时候会来很多导演和总监，你会是他们眼中的焦点。这种机会一生难得。"

"你觉得呢？"他问我。

"我不知道……"我说，不想惹他生气，毕竟他是活动发起人。如果把他惹毛了，就等于我们被取消了资格。

"他说不行。"歌洛莉娅说。

"他的脑子长你身上了。"洛基嘲讽道。

"好吧，"索克斯耸耸肩说，"也许其他选手想要这一百美元。至少，"他对我说，"你知道你们家谁是老大？"他和洛基拊掌大笑。

"你就不能对别人礼貌一点吗?"我们离开后,我对歌洛莉娅说,"现在我们随时都会被淘汰。"

"现在也好,明天也好,都一样。"她说。

"你真是我见过的最阴郁的人,"我说,"有时我想你还是死了算了。"

"我知道。"她说。

我们再次绕回到舞台时,看见索克斯和洛基正一脸严肃地与第七十一号组合维·洛弗尔和玛丽·霍利交谈。

"索克斯正在用花言巧语骗取她的信任,"歌洛莉娅说,"估计霍利难以幸免于难了。"

詹姆斯和卢比跟上来,我们四人并肩走着。自从歌洛莉娅不再劝卢比去堕胎后,我们重归于好。

"索克斯怂恿你们去结婚了吗?"卢比问。

"没错,"我说,"你怎么知道?"

"他去怂恿了每个人。"她说。

"我们毫不犹豫地拒绝了他。"歌洛莉娅说。

"公众婚礼没有很糟,"卢比说,"我们也办了一个……"

"真的吗?"我万分惊讶。

詹姆斯和卢比那么优雅低调,心心相印,很难想象他们会在公开典礼上结婚。

"我们是在俄克拉荷马州的舞蹈马拉松上结婚的,"她说,"收到了价值三百美金的东西……"

"她父亲给我们一把猎枪作为结婚礼物。"詹姆斯笑着说。

忽然,一个女孩在我们身后尖叫起来,我们转过身发现是佩德罗·奥尔特加的搭档莉莲·贝肯。她不停地后退,努力远离他,佩德罗追上来,用拳头捶她的脸,她坐在地板又发出一阵尖叫。

佩德罗用双手掐住她的喉咙,想把她拎起来,他已经完全失去理智,要置她于死地。

与此同时,大家都冲了过去,现场一片混乱。

我和詹姆斯率先到达,抓住他,松开他掐住莉莲的手。

莉莲坐在地上,身体僵硬,双臂后置,脑袋后仰,嘴巴张开——仿佛牙医椅子上的病人。

佩德罗喃喃自语,似乎不认识我们,詹姆斯推他一下,他踉跄着后退。我扶住莉莲的腋下,帮她站起来,她抖得如同肌肉舞者。

索克斯和洛基冲上前去,一把抓住佩德罗的胳膊。

"怎么回事?"索克斯怒吼。

佩德罗望着索克斯,动了动嘴唇却讲不出话来。然后他看到洛基,脸上的表情变成了强烈的怨恨,猛地挣脱出双臂,后退一步,把手伸进口袋。

"当心！"有人大喊。

佩德罗扑上前去，手里拿着一把刀，洛基拼命躲闪，然而一切都来不及了，刀子越过他的左臂刺在肩膀下面两英寸处。他大叫着奔跑起来，佩德罗转身要跟上去，还没来得及迈步，就被索克斯用一根皮棍棒击中后脑勺。

你可以听到棒子的砰砰声盖过了广播里的音乐，像极了用手指敲打西瓜的声音。佩德罗站在那里傻笑着，索克斯又用棍棒打了他一下。

佩德罗的手臂垂下来，刀掉在地上，他摇晃片刻，倒了下去。

"把他带出去。"索克斯说着，捡起了刀。

詹姆斯·贝茨、麦克·阿斯顿和维·洛弗尔抬起佩德罗，去更衣室。

"女士们先生们，请坐好——"索克斯对观众说，"请——"

我从后面扶着莉莲，她还在发抖。

"出了什么事？"索克斯问她。

"他指责我出轨，"她说，"就开始打我掐我……"

"继续吧，各位，"索克斯说，"就当什么也没有发生过。嘿，护士，把这个姑娘送到更衣室——"索克斯示意台上的罗洛，休息的警报提前几分钟打响。护士从我手里接过莉莲，所有的女孩都围着她们，走进更衣室。

我听到罗洛对着扩音器漫不经心地说着什么公告。

洛基站在水池前,脱了外套和衬衫,用一把纸巾擦着肩膀,血顺着手臂流淌,从手指间滴下来。

"你最好找个医生看看。"索克斯说。

"医生到底去哪儿了?"他吼道。

"在这儿……"医生从洗手间出来。

"我们唯一需要你的时候,你却在上厕所,"索克斯说,"看看洛基怎么样了。"

佩德罗躺在地板上,麦克·阿斯顿骑上去按压他的腹部,就像救生员施救溺水人员那样。

"小心!"维·洛弗尔提着一桶水走过来。麦克退后一步,维把水浇在佩德罗的脸上,但毫无成效,他像木头一样躺着。

詹姆斯·贝茨拿来另一桶水,浇在他身上,这时佩德罗开始有了生命迹象,动了动,睁开眼睛。

"他醒过来了。"维·洛弗尔说。

"我最好开车送洛基去医院,"医生说着脱下了自己的亚麻外套,"他的伤口很深,几乎到骨头了,必须缝合。谁干的?"

"那个混蛋!"索克斯用腿指着佩德罗说。

"他一定是用了剃刀。"医生说。

"这个。"索克斯说着,把刀递给他。索克斯另一只手里还拿着皮棍棒，挂绳仍然缠在手腕上。

"一样。"医生说完递回凶器。

佩德罗坐起来，揉着下巴，一脸茫然。

"伤口不在下巴，"我在心里对他说，"而在你的后脑勺。"

"看在上帝的分上，我们快走吧，"洛基对医生说，"我都血流成河了。"又对佩德罗说，"你这个变态，我要控告你！"

佩德罗凶狠地看着他，一言不发。

"不要控告，"索克斯说，"我营业得已经够困难了，你下次注意对象。"

"我没有和任何人偷情。"洛基说。

索克斯说："医生，从后门带他出去。"

"来吧，洛基。"医生说。

洛基起身，手臂上的临时纱布已经湿透了，医生把外套披在他肩膀上，一起出去了。

"你是想毁掉比赛吗？"索克斯转向佩德罗问，"你怎么不等比赛结束再找他呢？"

"我要割断他的喉咙，"佩德罗用精准的英语心平气和地说，"他勾引我的未婚妻……"

"他要是勾引了你的未婚妻，那他就是个魔术师，"索克斯说，"这里没地方勾引任何人。"

"我知道一个地方。"我心里默念。

罗洛·彼得斯走进更衣室,说:"你们应该睡觉了。"又四处张望着问,"洛基在哪儿?"

"医生带他去了医院。"索克斯告诉他,"他们在外面怎么样?"

"他们平静下来了,"罗洛说,"我说我们在排练一个新表演。洛基怎么了?"

"没怎么,"索克斯说,"就是手臂差点被这个老滑头砍下来,仅此而已。"然后递给他佩德罗的刀:"拿走扔掉,洛基回来前,你当司仪吧。"

佩德罗站起来,说:"我为我的急脾气感到抱歉——"

"情况可能会更糟,"索克斯说,"万一发生在晚上屋里坐满观众的时候,就完蛋了。你的头怎么样?"

"很痛,"佩德罗说,"非常抱歉发生了这样的事,我还想赢得一千美金——"

"你还有机会。"索克斯说。

"你是说我没被取消资格吗?你原谅我了吗?"

"我原谅你了。"索克斯说着,把皮棍棒扔进口袋。

　　……交由该典狱长。

停　赛

比赛时长 783 小时；

剩余选手 26 对。

"女士们先生们，"洛基宣布，"德比大战开始前，我替主办方告知大家，一个礼拜以后，这里将举办一场公众婚礼——七十一号组合维·洛弗尔和玛丽·霍利要在此舞池举办一场货真价实、诚心诚意的婚礼。维和玛丽，请出列，让观众朋友们认识一下你们这可爱的一对——"

穿着运动服的维和玛丽走到舞池中央，向观众鞠躬，大厅里又是观者如堵。

"——我们将有幸目睹,"洛基说,"如果到时候他们没有被德比大战淘汰,总之希望不会。这场公众婚礼会根据主办方的要求,给予你们最高级的服务——"

雷登太太从背后拽了拽我的运动衣。

"洛基的手臂怎么了?"她低声问。

明显可见洛基出了某种意外,他的右臂很正常地从衣袖里伸出,但左臂用吊带吊着,左边的外套像斗篷一样披在身上。

"他扭伤了。"我说。

"只缝了九针。"歌洛莉娅低声说。

"这就是他昨晚没来的原因,"雷登太太说,"原来出了意外——"

"是的——"

"他摔倒了吗?"

"是的,夫人,我觉得应该是——"

"隆重介绍美丽的电影明星玛丽·布莱恩小姐,布莱恩小姐,可以给大家鞠躬吗?"

布莱恩小姐鞠了一躬,观众沸腾。

"还有喜剧大师查理·蔡斯先生——"

查理·蔡斯从包厢座位站起来鞠躬,观众再次沸腾。

"我讨厌这种介绍。"歌洛莉娅说。

"祝你们好运——"我们向舞台走去时,雷登太太说。

"我恨透了,"歌洛莉娅说,"恨透了在这里看到这些名人,恨透了一遍又一遍做重复的事情——"

"有时我真后悔遇到了你,"我说,"我不该说出来,但这是事实。在遇见你之前,我从没和消极的人相处过。"

我们和其他组合挤在起跑线后面。

"我厌倦了活着,又恐惧死亡。"歌洛莉娅说。

"喂,我有个好主意,"詹姆斯·贝茨听到她的话后说,"你可以写一首关于大堤坝上老黑人的歌,他厌倦生活,又恐惧死亡,搬运棉花时对着密西西比河唱歌。哎,有个好歌名——叫老人河——"

歌洛莉娅恶狠狠地盯着他,竖起大拇指表示蔑视。

"你好。"洛基向来到舞台的雷登太太喊。

"女士们先生们,"他对着话筒说,"我要向你们介绍舞蹈马拉松的世界头号粉丝——自开赛以来这位女士从未缺席,她就是雷登太太。主办方给她颁发了一张季票——随时随地都可以来观赛。观众朋友们,热烈欢迎雷登太太,请太太鞠躬——"

雷登太太目瞪口呆,惊慌失措,乱了方阵,不过在观众的掌声下,她还是向前几步,笨拙地鞠了一躬。可以看出这是她人生中最不可思议的事情了。

"比赛的粉丝之前都在这儿见过她,"洛基说,"她是每晚德比大战的裁判——可以说,没有她,我们就办不了德比。""雷登太太,你觉得这次舞蹈马拉松怎么样?"他蹲下来问道,把话筒移到她嘴边。

"她不喜欢这样,"歌洛莉娅小声说,"要是知道的话肯定不会来,你这个变态玩意儿——"

"很精彩。"雷登太太紧张得差点说不出话。

"你最喜欢哪对选手,雷登太太?"

"我最喜欢二十二号——罗伯特·西弗顿和歌洛莉娅·比蒂。"

"女士们先生们,她最喜欢的是由乔纳森无脂啤酒赞助的二十二号——你希望他们获胜,是吗,雷登太太?"

"是的,如果我再年轻一点,我自己也会参赛。"

"很好,雷登太太,非常感谢。现在,雷登太太,请接受来自主办方的礼物,季票一张,随时可以免费观看比赛——"

雷登太太接过票子。她喜出望外,感激涕零,点着头,笑容和泪水交织在一起。

"又是个大场面。"歌洛莉娅说。

"闭嘴!"我说。

"好了——裁判就位了吗?"洛基起身问道。

"已就位。"罗洛说,并把雷登太太扶到裁判席的椅子上。

"女士们先生们,"洛基宣布,"大部分人都已熟知德比大战的规则——但也有些人是第一次观看此类比赛,所以我还是要解释一下。各位选手绕跑道比赛十五分钟,男选手竞走,女选手根据情况小跑或者跑步。无论出于什么原因,组合中有人需要前往休息区——休息区在舞池中央摆有铁床的地方——如果有人需要休息,其搭档必须跑满两圈才能算作一圈。明白了吗?"

"开始吧!"观众席中有人喊道。

"护士和教练都准备好了吗?医生就位了吗?好了——"他把发令手枪递给罗洛,"德尔玛小姐,你来开赛好吗?"洛基通过麦克风询问,"女士们先生们,德尔玛小姐是著名的好莱坞作家和小说家——"

罗洛把手枪交给德尔玛小姐。

"观众朋友们,坐稳,"洛基大声说,"乐队,准备好。德尔玛小姐,准备开始——"

德尔玛小姐开了枪,我们跑了出去。

我和歌洛莉娅跟着大部队的步伐,不争抢前排。

我们的战略是保持稳定速度并且坚持下去,今晚没有特别奖金。即使有,对我们来说也没有不同。

观众鼓掌跺脚,寻求刺激,不过令他们失望了,只有卢比·贝茨一人去了休息区,而且只待了两圈时间,这是几周以来第一次没有人在比赛结束时晕倒在地。

然而发生了一件让我后怕的事情。歌洛莉娅比以往更用力、更久地拖拽我的腰带,比赛最后五分钟她仿佛失去了自己的力量,我几乎是在跑道上拖着她跑。我感觉我们差一点就被淘汰了。

真的是差一点。

当晚晚些时候,雷登太太告诉我,她问了数我们圈数的人,我们只比淘汰者多跑了两圈。我吓出一身冷汗,决定从今以后放弃战略敞开跑。

最后一名是十六号的巴兹尔·杰拉德和吉妮瓦·汤姆林,被自动取消资格。我知道吉妮瓦很高兴结束比赛,因为这样就可以嫁给参赛第一周认识的活饵船船长了。

我们吃饭时,吉妮瓦回到舞池,她换上了出去的衣服,提着一个小旅行袋。

"女士们先生们——"洛基对着麦克风说,"——这就是今晚被不幸淘汰的女选手,已经相当厉害了,她是不是很漂亮?请大家热烈鼓掌——"

观众鼓掌,吉妮瓦走向舞台,左右鞠躬。

"各位朋友,这就是体育精神——她和搭档输掉了一场艰苦的德比大战,但依然面带微笑——女士们先生们,我来告诉你们一个小秘密——"他把脸凑近话筒,大声耳语道,"她陷入爱河了——马上就要结婚。没错,各位,我们的舞蹈马拉松就是浪漫的发源地,因为吉妮瓦要嫁的人就是在这大厅里认识的。他在场吗,吉妮瓦?他在吗?"

吉妮瓦微笑点头。

"这位幸运的男士在哪儿呢?"洛基问,"在哪儿呢?请起立,船长,鞠个躬——"

每个观众都伸长了脖子,四处张望。

"他在那儿——"洛基指着大厅另一头喊道。一个男人跨过包厢栏杆,沿着舞池走向吉妮瓦,有一种水手特有的步态。

"说句话吧,船长——"洛基说着,把话筒架倾斜过来。

"我对吉妮瓦一见钟情,"船长对观众说,"认识几天后,我让她退出比赛和我结婚,她拒绝了,因为不想让搭档失望;我只能留在这里等她。现在我很高兴她被淘汰,我等不及要度蜜月了——"

观众哄堂大笑,洛基又把话筒架拉了过来:"女士们先生们,为新娘来一场银币雨吧——"

船长抓住架子,把话筒拉到嘴边说:"没关系各位,不用给钱,我想我完全有能力照顾她——"

"纯正的大力水手。"歌洛莉娅说。

没有银币雨，甚至连一枚硬币都没有。

"看他多么客气，"洛基说，"不过我想告诉你们，他是太平洋女王号的船长，这是一艘老四桅船，现在作为活饵船停泊在离码头三英里的地方。白天每小时都有水上出租车——如果你想尝试高质量深海垂钓，请找船长——"

"吻她，傻瓜！"观众里有人大喊。

船长亲吻了吉妮瓦，然后在观众的号叫和掌声中把她带离舞池。

"女士们先生们，这是舞蹈马拉松安排的第二场婚礼，"洛基宣告，"别忘记下周我们将在这里举行盛大的公开典礼，届时七十一号组合维·洛弗尔和玛丽·霍利将在你们的见证下结婚。""音乐起——"他对乐队说。

巴兹尔·杰拉德穿着便服走出更衣室，来到饭桌前享用最后的免费晚餐。

洛基在舞台坐下来，摆动着双腿。

"悠着点，别碰到我的咖啡——"歌洛莉娅说。

"好吧，好吧，"洛基说着，把杯子挪了挪，"好吃吗？"

"不错。"我说。

两个中年妇女向我们走来，我之前在包厢见过她们几次。

"你是经理吗？"其中一人问洛基。

"不完全是，"洛基说，"我是经理助理，怎么了？"

"我是希格比太太，"女人说，"这位是威彻太太。我们能私下跟你谈谈吗？"

"这就是我的私人空间，"洛基说，"有什么事吗？"

"我们是主席和副主席——"

"怎么回事？"索克斯·唐纳德从我身后绕过来问。

"这是经理。"洛基松了一口气，说道。

两个女人看着索克斯，说道："我们是妇女文明联盟的主席和副主席——"

"哎呀。"歌洛莉娅低声感叹。

"怎么了？"

"针对你们，我们有一个决议。"希格比太太说着，把一张叠好的纸塞到他手里。

"这到底是怎么回事？"索克斯问。

"简单来说，"希格比太太说，"妇女文明联盟谴责你们的比赛——"

"稍等，"索克斯说，"请来我的办公室商谈此事吧——"

希格比太太看了看威彻太太，后者点点头。"很好。"她说。

"几位选手跟我来——洛基，你也过来。嘿，护士——收一下杯子和碟子——"他笑着对两位女士说，"你看，我们不让选手做任何浪费体力的事情。这边请，女士——"

他带领大家从舞台后面走到大楼角落的办公室。

过程中，歌洛莉娅假装绊了一下，重重地撞在希格比太太身上，用手臂勾住她的头。

"噢，真不好意思——对不起——"歌洛莉娅说，低头看是什么绊倒了自己。

希格比太太什么也没说，一边整理帽子，一边凶狠地看着歌洛莉娅。歌洛莉娅推了推我，在希格比太太背后使眼色。

"记住，你们是证人——"我们走进他办公室时，索克斯轻声说。

这间办公室以前是休息室，非常狭小，跟我和歌洛莉娅来报名参赛那天几乎没有什么变化，唯一的区别是索克斯在墙上钉了两张裸体女人的照片。

希格比太太和威彻太太立刻发现了，意味深长地交换了眼神。

"请坐，女士们，"索克斯说，"你们请讲吧。"

"妇女文明联盟谴责你们的比赛，"希格比太太说，"我们认为这种活动是低级趣味、有失脸面的，对社区造成了不利影响，你们必须停赛——"

"停赛？"

"立刻停止。否则我们会去市议会。这是一个低级趣味、有失脸面的比赛——"

"女士们，你们完全误会我了，"索克斯说，"这个比赛没什么有失脸面的，选手们乐在其中，参赛后每个人都增肥了——"

"有一位女选手即将临盆，"希格比太太说，"叫卢比·贝茨，让一个即将生孩子的女人整天跑跑跳跳是违法的。此外，看到她以半裸的样子面对世人，我感到无比震惊，我想她至少应该穿件外套——"

"女士们，"索克斯说，"我以前从未想过这个。貌似卢比一直非常清楚自己做的事——我也很关心她肚子里的孩子。不过我明白你的意思，你是想让她退出比赛吗？"

"当然。"希格比太太说，威彻太太点了点头。

"好的，女士们，"索克斯说，"一切都听你们的，我是个很好说话的人，甚至可以付她医药费……谢谢告知，我马上就去办——"

"这还没完呢，"希格比太太说，"你们下周真的打算举办公众婚礼吗？还是只是引人耳目的噱头？"

"我这辈子没做过什么虚假的事情，"索克斯说，"婚礼是货真价实的，我不会那样欺骗观众，你可以向任何和我打过交道的人询问我的人品——"

"我们知道你的名声，"希格比太太说，"可即便如此，我也难以置信你打算主办这种渎神活动——"

"两位即将结婚的选手深爱着彼此。"洛基说。

"我们不允许这样的闹剧发生,"希格比太太说,"我们要求你立刻停止比赛!"

"如果停赛了选手该怎么办?"歌洛莉娅问,"他们就只能露宿街头——"

"年轻人,不要再狡辩了,"希格比太太说,"这是恶性竞争,会引来不良影响。有一位参与者就是在逃杀人犯——那个芝加哥的意大利人——"

"女士们,这件事不能怪我。"索克斯说。

"你肯定有责任。我们来到这里,是因为我们的义务是维护城市秩序,剔除不良因素——"

"你介意我和我的助理出去谈谈吗?"索克斯说,"也许我们可以解决这个问题——"

"……很好。"希格比太太说。

索克斯向洛基示意,一起出去了。

"太太,你们有自己的孩子吗?"门关上后歌洛莉娅问。

"我们的女儿都已经长大成人了。"希格比太太说。

"你们知道她们今晚在哪儿,做了什么吗?"

两人都无以应答。

"我可以给你们一个大致的概念，"歌洛莉娅说，"当尊贵的二位在这里，要求陌生人履行职责时，你们的女儿可能正在某个男人的公寓里，脱光衣服，喝得烂醉如泥。"

希格比太太和威彻太太异口同声地倒吸一口气。

"感化分子的女儿通常都会这样，"歌洛莉娅说，"迟早她们会和男人发生关系，而大部分不知道如何避孕。你们用所谓纯洁体面的说教把她们驱逐出门，自己天天忙着掺和别人的闲事，疏于教授她们生活的真谛——"

"你怎么——"希格比太太涨红了脸颊。

"我——"威彻太太说。

"歌洛莉娅——"我说。

"是时候有人来教育一下你们这种女人了，"歌洛莉娅走到门口，背对着门站着，生怕她们夺门而出似的，"就让我来做吧。你们就是那种溜进厕所看色情书，读淫秽故事，然后出去破坏别人兴致的泼妇——"

"年轻人，你让开，放我们出去！"希格比太太尖叫起来，"我拒绝听你的一派胡言。我是受人尊敬的女人，主日学校的老师——"

"我说完之前你休想离开半步——"歌洛莉娅说。

"歌洛莉娅——"我说。

"你那文明联盟还有那愚蠢的妇女协会，"她对我完全置若罔闻，

"——都是些爱管闲事的老妖精,已经二十年没有——你们这些老太婆怎么不出去试一次——偶尔买一次呢?这明明就是你们的问题……"

希格比太太冲到歌洛莉娅面前,举起手臂,仿佛要打她。

"来吧——打我,"歌洛莉娅一动不动地说,"打我!——你敢动我一根毫毛,我就踢掉你的脑袋!"

门开了,歌洛莉娅被撞到一边,索克斯和洛基进来。

"这个——这个——"希格比太太颤抖地指着歌洛莉娅。

"别结巴,"歌洛莉娅说,"——说出来,你知道怎么说那个词,荡妇,荡——妇——"

"安静!"索克斯说,"女士们,我和我的助理决定采纳你们提出的任何建议——"

"我们的建议是立刻关闭此地!"希格比太太说,"否则我们明早就去市议会——"

她快步离开,后面跟着威彻太太。

"年轻人,"希格比太太对歌洛莉娅说,"你应该去感化学校!"

"我以前去过,"歌洛莉娅说,"有一位像你一样的女士在管事,她是个同性恋……"

希格比太太又一声喘息,和威彻太太一同离开了。

歌洛莉娅砰地关上门,坐在椅子上开始抽泣。她用手捂住脸,努力克制自己的情绪,但徒劳无功。她在椅子上慢慢前倾,俯身弯腰,浑身颤抖抽搐,似乎彻底失去了对上半身的控制。好大一会儿工夫,屋里只有她的啜泣声和半开的窗户里传来的大海的涨落声。

索克斯走过去,温柔地把手放在歌洛莉娅的头上,说:"没事,姑娘,没事——"

"这一切都要保密,"洛基对我说,"什么都不要说。"

"我不会的,"我说,"这是不是意味着我们要关门了?"

"不可能,"索克斯说,"这只意味着我们得设法贿赂某人了。明早我会和律师谈谈,与此同时,洛基——告诉卢比,她必须退出,很多女人都对她有想法——"他看了看门,说,"我本应该坚持自己的行当的,这群该死的混蛋女人……"

……*处以死刑。*

淘 汰

比赛时长 855 小时；

剩余选手 21 对。

  舞蹈马拉松如火如荼进行

  妇女联盟发起群众集会

  要求市议会取缔比赛

  矛盾僵持的第三天

今日，妇女文明联盟继续对舞蹈马拉松发起攻击，扬言除非市议会取缔比赛，否则将直接上诉至全体市民。舞蹈马拉松在过去的三十六天里一直在海滩度假胜地举行。

文明联盟主席J·富兰克林·希格比夫人和第一副主席威廉姆·华莱士·威彻夫人，今天下午再次出现在市议会面前，抗议比赛的继续进行。

市议会告知她们，市检察官正对相关法律进行彻底研究，以确定采取何种法律步骤。

"在了解相关法律文件之前，我们无法采取任何行动，"市议会理事长汤姆·欣斯德尔说，"到目前为止，我们还没有找到任何涉及此案件的具体规章，不过市检察官正在审查所有法规。"

"如果瘟疫肆虐，市议会还会犹豫吗？"希格比夫人说，"当然不会。如果没有对应法律，就颁布紧急法。舞蹈马拉松是一种瘟疫——低级趣味、有失脸面，在同一间大厅里有一个公共酒吧，是黑帮、诈骗犯和臭名昭著罪犯的聚集地，这种氛围肯定不适合年轻孩子们……"

我把报纸归还给雷登太太，说："唐纳德先生告诉我们，他的律师说市议会不会有什么作为。"

"没有区别，"雷登太太说，"这些女人想要停赛，不管有没有法律，她们都能做到。"

"我没看出舞蹈马拉松有什么不好，"我说，"不过她们对酒吧的评价是对的，我在棕榈花园见过很多狠角色……你觉得她们多久才能把比赛关闭?"

"不知道,"她说,"反正她们会关的。到时候你打算怎么办?"

"我要做的第一件事情就是多晒太阳,"我说,"我过去喜欢雨,讨厌太阳,现在正好相反,在这里晒不到多少太阳——"

"之后打算做什么呢?"

"还没有计划。"我说。

"明白了,歌洛莉娅在哪儿?"

"她在换运动衣,马上就出来了。"

"她越来越虚弱了,是不是?医生说每天要为她检查几次心脏。"

"那不算什么,"我说,"他检查所有人的心脏,歌洛莉娅没问题。"

歌洛莉娅并非没问题,我很清楚,我们在德比遇到了很多麻烦,我都不知道前两晚是怎么熬过来的。在这两场比赛中,歌洛莉娅进进出出休息区好多次。

我并没有因为医生每天检查她心脏六七次而妄下结论,因为听诊器是找不到她的毛病的。

"靠过来,罗伯特。"雷登太太说。这是她第一次叫我的名字,我有点尴尬,靠在栏杆上,摇晃着身体,这样就没人说我静止不动违反比赛规则了。大厅里人满为患。

"我是你的朋友,对吗?"雷登太太说。

"是的,太太。"

"你知道我给你找了赞助商,对吗?"

"对的,太太,我知道。"

"你相信我,对不对?"

"对的,太太,我相信你。"

"罗伯特——歌洛莉娅不适合你。"

我无言以对,不清楚接下来会发生什么。我一直不明白为什么雷登太太对我如此感兴趣,除非——不过不可能是这样,她的年龄足以当我的祖母。

"她一点也不好,"雷登太太说,"是个邪恶的人,会毁掉你的生活。你不想让你的生活被她毁了吧?"

"她不会毁了我的生活。"我说。

"答应我,从这儿出去以后,再也不要见她了。"

"噢,我不打算娶她或者怎么样,"我说,"我没有爱上她。她很好,只是有时有点抑郁。"

"她不是抑郁,"雷登太太说,"她充满怨恨,厌恶一切人和事,她既残忍又危险。"

"我才知道你对她有这种感觉,雷登太太。"

"我年事已高,"她说,"是一个年龄非常非常大的女人,了解自己在说什么。等比赛结束——罗伯特,"她突然说,"我不像你想的那么穷,我看起来很落魄但一点也不,我有钱,非常有钱,也很古怪。等你离开这里——"

"你好——"歌洛莉娅不知从哪里冒了出来。

"……你好。"雷登太太说。

"怎么了?"歌洛莉娅赶紧问,"我打断你们了吗?"

"完全没有。"我对她说。

雷登太太打开报纸开始看,我和歌洛莉娅走向舞台。

"她说我什么呢?"歌洛莉娅问。

"没什么,"我说,"我们刚刚在讨论舞蹈马拉松停赛的事——"

"你们也在讨论别的,不然怎么我一出现,她就立马闭嘴了呢?"

"你在胡思乱想。"我说。

"女士们先生们——"洛基通过麦克风说,"或许读了报纸之后,"观众安静下来听他继续说,"我应该叫你们——白痴同胞们。"一阵哄堂大笑,观众明白他的意思。"如你所见,舞蹈马拉松世界冠军赛还在进行中,我们会继续下去,直到剩下最后一位选手——也就是最终的冠军得主。我非常感谢你们今晚的到来,同时也想提醒你们,明晚的比赛绝不容错过,届时七十一号组合——维·洛弗尔和玛丽·霍利——将举办盛大的公众婚礼,在你们的见证下、在本市著名牧师的誓词下喜结连理。还没有预约的观众朋友们,请马上预约。"

"德比大战开始前,我想介绍几位名人——"他看了眼稿子,"女士们先生们,我们有位贵宾,他不是别人,正是英俊的电影明星比尔·博伊德。可以鞠个躬吗,博伊德先生?"

比尔·博伊德站起来鞠躬,观众鼓掌。

"接下来,有请另一位电影兼舞台明星——肯·默里。默里先生有一队贵宾随行,我不知他是否愿意亲自上台来介绍他们。"

观众掌声雷动,默里犹豫了一下,最后还是跨过栏杆,走上舞台。

"好了,伙计们,"他拿过麦克风说,"首先是年轻的客席演员,安妮塔·路易斯小姐——"

路易斯小姐起立。

"琼·克莱德小姐——"

克莱德小姐起立。

"苏·卡罗尔小姐——"

卡罗尔小姐起立。

"汤姆·布朗——"

汤姆·布朗起立。

"桑顿·弗利兰——"

桑顿·弗利兰起立。

"就是这些，各位——"

默里和洛基握了握手，回到座位。

"女士们先生们——"洛基说。

"有位大导演他没有介绍，"我对歌洛莉娅说，"弗兰克·鲍沙其，我们去跟他谈谈吧——"

"谈什么？"歌洛莉娅说。

"他是导演呀，或许能帮你拍电影——"

"见鬼去吧，"歌洛莉娅说，"我希望我一死了之——"

"那我自己去了。"我说。

我在包厢前来回踱步，感觉非常不自在，有两三次我差点失去勇气，想要转身往回走。

"值得一试，"我自言自语，"他是世界上最优秀的导演之一，总有一天我会和他一样有名，到时候我会让他回想起今天这一幕——"

"你好，鲍沙其先生。"我说。

"你好，小伙子，"他说，"你今晚会赢吗？"

"希望会……我看了《无上光荣》，真的很不错。"我说。

"感谢你的喜欢——"

"有一天我也想做同样的事情，"我说，"成为像你这样的导演——"

"希望你梦想成真。"他说。

"嗯。"我说,"再见——"

我回到舞台。

"那是弗兰克·鲍沙其。"我对基德·卡姆说。

"是吗?"

"是个大导演。"我解释道。

"哦。"基德说。

"好了——"洛基说,"裁判准备好了吗?罗洛,他们拿到记分表了吗?很好,各位——"

我们移到起跑线。

"今晚不要冒险,"我低声对歌洛莉娅说,"我们不能再糊弄了。"

"大家各就各位,"洛基说,"护士和教练待命——观众朋友们坐稳——乐队,音乐起——"

枪声响起。

我和歌洛莉娅奔了出去,挤到了第二名,紧跟在基德·卡姆和杰基·米勒之后,他们所在的第一名,以前通常是詹姆斯·贝茨和卢比·贝茨。

进入第一个弯道时,我想起了詹姆斯和卢比,不知道他们在何处,没有了他们,比赛都没意思了。

第一圈结束的时候,麦克·阿斯顿和贝斯·卡特赖特冲到我们前面,占据了第二名的位置。我开始以前所未有的速度竞走,我必须这么做,所有的弱者都被淘汰了，剩下的选手速度都很快。

我们在第三名的名次上跑了六七圈，观众开始号叫着要我们加速。

我不敢尝试。

你只能在转弯时超过一个速度很快的组合，但这需要花费很大的力气。目前歌洛莉娅状态还好，我不想给她太大压力。只要她能坚持，我就不担心。

八分钟后，我感觉热起来了。猛地脱掉运动衫，扔给教练，歌洛莉娅也脱了。现在大多数姑娘都脱下了外套，观众大声起哄。女孩们运动衣里只穿了小文胸，她们在跑道上小跑时，胸部上下颤动。

"只要没人挑战我们，一切都还好。"我对自己说。

就在这时，我们受到了挑战。

佩德罗·奥尔特加和莉莲·贝肯在我们旁边加速，想要在转弯时跑内圈。

这是唯一可以超越的方法，但并不像听起来那么容易。你必须在直道上至少领先两步，然后急转弯，这正是佩德罗内心深处的打算。他们在转弯处与我们相撞，不过歌洛莉娅努力没有跌倒，我拽住她，保住了我们的位置。

我听到观众的喘息声，这意味着有人大吃一惊。

没多久我便听见有人摔在地上的声音。我没有回头看，继续走着。

我对此早已习以为常。当我来到直道不影响迈步的时候,我看到是维·洛弗尔的舞伴玛丽·霍利在休息区,护士和教练正为她治疗,医生在用听诊器……

"年轻人,把内圈让给落单的选手——"洛基大喊。

我挪到一边,维超过我,现在他得走两圈才能赶上我们一圈。他经过休息区时瞥了玛丽·霍利一眼,满脸苦楚,我知道他并不痛,只是想知道搭档什么时候回来……他独自走了四圈,玛丽才站起来回到赛场。

我示意护士拿条湿毛巾过来,下一圈时她把毛巾砸在我的脖子上,我用牙咬住一头。

"还有四分钟——"洛基喊道。

这是我们经历的最接近第一名的比赛之一了。

基德和杰基速度很快,我清楚只要我和歌洛莉娅坚持住就不会有危险,可你永远不知道搭档什么时候会倒下。

过了某一临界点,你就由下意识的移动变成了自动移动,这一刻你还以最高速度前行,下一刻就开始要倒下了。我担心歌洛莉娅就会这样——倒地。

她开始拽着我的腰带了。

"坚持住!"我内心在呐喊,放慢了脚步,希望能减轻她的压力。

佩德罗和莉莲显然等待这一刻已久,在拐弯处从我们身边冲过,拿到第三名。

我能听到其他人砰砰的脚步声就在身后,意识到整个大部队都压在歌洛莉娅脚跟后面。

我已毫无余地。

我抬高了臀部,给歌洛莉娅信号,让她换手抓腰带,她照做了,换了右手。

"谢天谢地。"我对自己说。她的意识还清醒,是个好征兆。

"最后一分钟——"洛基宣布。

我开足马力。基德和杰基放慢了些速度。

麦克和贝斯,以及佩德罗和莉莲,也跟着慢了下来。

我和歌洛莉娅夹在他们和其他人之间,位置很糟糕,我祈祷后面没人有力气冲刺,因为最轻微的撞击都会打乱歌洛莉娅的步伐,让她摔倒在地,如果现在有人摔倒……

我用尽全力往前冲,想要领先一步,消除后面的威胁……

结束的枪声响起,我转身接住歌洛莉娅,她没有晕倒,跌跌撞撞地扑进我的怀里,浑身是汗,大口喘气。

"要护士吗?"洛基在舞台上大喊。

"她没事,"我说,"让她休息一会儿——"

大多数姑娘都被搀扶进了更衣室,小伙子们却挤在舞台周围看谁被淘汰了。裁判把记分表递给正在核对的罗洛和洛基。

"女士们先生们——"一两分钟后洛基公布,"以下是这场最激动人心的德比大战的比赛结果,第一名——十八号组合基德·卡姆和杰基·米勒,第二名——麦克·阿斯顿和贝斯·卡特赖特,第三名——佩德罗·奥尔特加和莉莲·贝肯,以上是获胜者。接下来是落败者——最后一名——根据比赛规定,被淘汰出局的是十一号组合——杰里·弗林特和维拉·罗森菲尔德——"

"你疯了!"杰里·弗林特喊道,声音大得大厅里每个人都能听见,"不对——"他说着走向舞台。

"自己看吧。"洛基说着把记分表拿给他。

"多希望是我们,"歌洛莉娅抬起头说,"我输掉比赛就好了——"

"嘘——"我说。

"我才不管分数表是怎么记的,它错了,"杰里·弗林特说着把记分表还给洛基,"我们不是最后一名,怎么可能被淘汰呢?"

"你能在比赛时记录圈数吗?"洛基问。他在使杰里难堪,知道没人能做到。

"我不能,"杰里说,"但我们没有去休息区,玛丽去了。我们开始在维和玛丽前面,结束也在他们前面——"

"怎么回事,先生?"洛基对站在旁边的男人说,"你数了十一号的——"

"你搞错了，兄弟，"男人对杰里说，"我数得很认真——"

"太糟糕了，小伙子，"索克斯·唐纳德从裁判人群里走出来说，"你运气不好——"

"不是运气不好，这是赤裸裸的陷害，"杰里说，"你很清楚，假如维和玛丽被淘汰了，你明天就举办不了婚礼了——"

"现在——马上——"索克斯说，"去更衣室——"

"好，"杰里走到数他和维拉圈数的人旁边，问，"索克斯给了你多少钱？"

"我不知道你在说什么——"

杰里转过身，一拳打在那人的嘴上，把他打倒在地。

索克斯跑向杰里，摆好架势，手插在屁股口袋里，怒视着他。

"如果你用那个棍棒打我，我就让你吃了它。"杰里对他说，然后穿过舞池走向更衣室。

观众们站着叽叽喳喳，想知道发生了什么。

"换衣服去吧。"我对歌洛莉娅说。

　　……公元 1935 年 9 月 19 日。

婚　礼

比赛时长 879 小时；

剩余选手 20 对。

歌洛莉娅一整天都无精打采，我问了她一百遍在想什么，她总是回答"没事"。

我今天才意识到自己有多蠢。我应该知道她在想什么。

现在回想起那天晚上，我不明白自己怎么会如此愚蠢，对很多事情的反应都如此迟钝……

法官坐在那里发言，透过眼镜观察我，但他的话语对我的身体起的作用，正如他的视线对眼镜起的作用——没有阻碍，直截了当，突破接下来的每一个目光和言语。

我不是用耳朵和脑子聆听法官说话的，就像他的眼镜片没有捕捉和禁锢透过它们的每一个眼神一样。我用脚、用腿、用躯干、用胳膊、用除了耳朵和大脑的一切来听他讲话，然而用耳朵和大脑，我听见了街上报童喊着关于亚历山大国王的事情，听见电车的开动声，听见汽车的声音，听见交通信号灯的警铃声；法庭里，我听见人们呼吸和移动双脚的声音，听见长凳的木头发出的嘎吱声，听见有人往痰盂里吐口水的喷溅声。

我用耳朵和脑子去听这一切，却用身体听法官的发言。

如果你也听到一个法官对你说这些，你就会明白我的意思。

这一天，歌洛莉娅没来由地无精打采。

一整天人群来来往往，从中午开始，大厅里就挤满了人，婚礼前夕剩下的空座位已经很少，其中大部分都被预订了。整个舞厅都挂满了国旗和红、白、蓝三色的彩旗，你随时都可能听到鞭炮声和乐队演奏国歌的声音。

整整一天都令人兴奋不已：工人在室内做装饰，观众人头攒动，婚礼进行各种彩排，甚至有谣言说文明联盟的成员要来放火——乔纳森啤酒公司还给我和歌洛莉娅送来了两套全新的衣服。

反正这一天歌洛莉娅没有无精打采的理由，可她却比以往更没有精神。

"小伙子——"一个男人在包厢里喊道。

我从未见过他，他叫我过来。

"你不会在那个座位上坐太久，"我心里说，"那是雷登太太的固定位置，等她来了你就要挪走。"

"你是二十二号组合的小伙子吗？"他问。

"是的，先生。"我说。

"你的舞伴呢？"

"在那边——"我回答，指着歌洛莉娅和其他女孩站的舞台。

"去找她，"男人说，"我想见她。"

"好的。"说着，我去叫歌洛莉娅。"他到底是谁呢？"我问自己。

"那边有个男人想见你。"我对歌洛莉娅说。

"我不想见任何人。"

"那个人不是流浪汉，"我说，"他穿着考究，可能是个厉害人物。"

"我不在乎他像什么。"她说。

"可能是个制片人,"我说,"也许你博得了他的好感,你就要转运了。"

"该死,我在休息。"她说。

"来吧,"我说,"他在等着你呢。"

她终于和我一起过去了。

"电影行业是个差劲的行业,"她说,"你总要见不想见的人,总要跟讨厌的人假装友好,我很高兴我不做了。"

"你才刚刚起步。"我努力哄她开心。我当时没有注意她的言辞,现在才意识到这是她说过的最重要的话。

"她来了——"我对男人说。

"你不知道我是谁吧?"男人问。

"不知道,先生——"

"我叫麦克斯威尔,"他说,"乔纳森啤酒的广告经理。"

"你好,麦克斯威尔先生,"我说着,伸手和他握手,"这是我的搭档歌洛莉娅·比蒂,非常感谢您赞助我们。"

"不用谢我,"他说,"谢谢雷登太太吧,是她向我引荐了你们。你们今天收到包裹了吗?"

"收到了,先生,"我说,"它们来得正是时候,我们刚好需要,舞蹈马拉松很费衣服。您以前来过这里吗?"

"没有，要不是雷登太太坚持，我今天也不会来。她一直跟我讲德比大战，今晚还有吗？"

"婚礼这种小事是不会阻止德比的，"我说，"仪式一结束就开始——"

"再见——"歌洛莉娅说着走开了。

"我说错什么了吗？"麦克斯威尔先生问。

"没有，先生——她得去那边接受最后的指示，婚礼快开始了。"

他皱起眉头，显然知道我只是在用撒谎来掩盖歌洛莉娅的不礼貌。

他目送歌洛莉娅走下舞池，然后看着我问："你们今晚赢得德比大战的机会有多大？"

"很大机会，"我说，"当然重要的不是赢，而是不输，得了最后一名就会被淘汰。"

"要是乔纳森啤酒给获胜者二十五美元，"他说，"你觉得你们会得到吗？"

"我们会拼命争取。"我告诉他。

"那样的话……就好。"他说，上下打量着我，"雷登太太说你很想拍电影？"

"是的，"我说，"不过不是当演员，是当导演。"

"你不想在酿酒厂工作吗？"

"还不想——"

"你导演过电影吗？"

"没有，先生，但我想试试，我觉得我可以拍得很好，"我说，"噢，我指的不是像博尔拉夫斯基、马穆里安或者金·维多的那类大制作——而是先搞点别的东西。"

"比如说？"

"就类似两三卷的短片，记录收垃圾的人每天会做些什么，或者普通人的生活——就是每天挣三十美元，要抚养孩子、买房子、买汽车或是买收音机——催债员天天盯的那类人。一些不同的东西，用摄影机的视角来讲述故事——"

"明白了。"他说。

"我不是有意让你厌烦，"我说，"可是我很少能找到一个愿意听我说话的人，所以一开口，就停不下来了。"

"我没有厌烦，事实上，我很感兴趣，"他说，"但也许我自己说的太多了——"

"晚上好——"雷登太太进入包厢，麦克斯威尔先生站起来。"这是我的座位，约翰，"雷登太太说，"你坐在这儿。"麦克斯威尔先生大笑，坐到另一张椅子上。

"天呐，天呐，你可真帅！"雷登太太对我说。

"这是我有生以来第一次穿燕尾服,"我红着脸说,"唐纳德先生为所有男孩租了燕尾服,为所有女孩租了裙子,我们都在婚礼仪式中。"

"你看他怎么样,约翰?"雷登太太问麦克斯威尔先生。

"他很好。"麦克斯威尔先生说。

"我完全相信约翰的判断。"雷登太太对我说。我开始明白为什么麦克斯威尔先生会问我那么多问题了。

"选手们请到这边集合,"洛基对着话筒说,"到这边——女士们先生们,我们即将迎来七十一号组合——维·洛弗尔和玛丽·霍利的公开婚礼——请记住,婚礼结束后,今晚的娱乐活动不会结束。婚礼只是开始——"他说,"只是开始,之后我们还会有德比大战——"

洛基俯下身,索克斯·唐纳德悄悄对他说了些什么。

"女士们先生们,"洛基宣告,"我非常高兴向大家介绍主持仪式的牧师——家喻户晓的奥斯卡·吉尔德牧师。上来可以吗,吉尔德先生?"

在观众的掌声中,牧师穿过舞池走向舞台。

"你们就位。"索克斯对我们说。

我们走到指定位置,女孩在舞台一边,男孩在另一边。

"在盛大仪式开始之前,"洛基说,"我想感谢那些成就这场仪式的人。"他看了眼稿子接着说,"新娘的婚纱,由领美婚纱店的塞缪尔斯先生提供。塞缪尔斯先生,请你站起来好吗?"

塞缪尔斯先生起立,在掌声中向观众鞠躬。

"她的婚鞋由主街鞋店提供——戴维斯先生在吗?请起立,戴维斯先生。"

戴维斯先生起立。

"她的长筒袜和丝质的——呃,你懂的——由波利-达令女孩集市提供,莱特福特先生,你在哪儿?"

莱特福特先生在观众的尖叫声中站起来。

"她的发型是由庞帕多美容美发店做的,史密斯小姐在吗?"

史密斯小姐起立。

"新郎的服饰,从头到脚,都由塔沃服饰公司提供,塔沃先生——"

"大厅里和女孩戴的所有鲜花都由梧桐岭幼儿园赠送,迪普瑞尔先生——"

迪普瑞尔先生起立。

"女士们先生们,现在我把话筒交给奥斯卡·吉尔德牧师,他将为这对卓尔不群的新人主持典礼——"

他把话筒递给罗洛,罗洛把它架在舞台前的地板上,吉尔德牧师移到话筒后面,向乐队点点头,婚礼仪式开始。

队伍出来了,男孩在一边,女孩在另一边,走到大厅尽头,再回到牧师跟前。这是我第一次看到这些女孩不穿休闲裤或运动衣的样子。

当天下午,我们排练了两次进行曲,练习每走一步都要停下来,然后再走下一步。当新娘和新郎从舞台后面出现时,观众鼓掌欢呼。

我经过时,雷登太太向我点了点头。

我们在舞台上站定,维和玛丽以及伴郎基德·卡姆和伴娘杰基·米勒继续走到牧师前面。他示意乐队停下,仪式开始。

整个仪式上,我一直看着歌洛莉娅,还没有机会指责她对麦克斯威尔先生的粗鲁行为呢,因此我设法捕捉她的眼神,让她知道我有许多话要说。

"现在我宣布你们成为夫妻——"吉尔德牧师说完,低下头,开始祈祷:

> 耶和华是我的牧者,我必不至缺乏。他使我躺卧在青草地上,领我在可安歇的水边。他使我的灵魂苏醒,为自己的名引导我走正路。我虽然行经死荫的幽谷,也不怕遭害,因为你与我同在,你的杖,你的竿,都在安慰我。在敌人面前,你为我摆筵设席,你用油膏涂抹我的头,使我的福杯满溢。一生一世必有恩惠慈爱随着我,我且要住在耶和华的殿中,

直到永远。[1]

……牧师讲完后，维胆怯地吻了玛丽的脸颊，我们都围过来。

大厅里掌声雷动，欢呼不断。

"等一下——等一下——"洛基对着麦克风大喊，"等一下，女士们先生们——"

骚乱逐渐平息，此刻就从大厅另一端的棕榈花园里，传来清清楚楚的酒杯破碎声。

"不要——"一个男人尖叫，接着是五声枪响，间隔太近了，听起来更像是连续的一串噪声。

观众们惊慌失措。

"坐好——坐好——"洛基大吼。

所有男孩女孩都跑向棕榈花园去看发生了什么事，我也去了，索克斯·唐纳德从我身边经过，手伸进裤兜。

我越过栏杆，跳进一个空包厢，跟着索克斯进了棕榈花园。

一群人站成一个圈，俯视着，相互叽叽喳喳说个不停。索克斯插

---

[1] 来自大卫的《诗篇》第二十三篇，是《圣经》中最美、最广为流传的诗歌。大卫是《圣经》四十多位作者之一，是《圣经》中《诗篇》一书的编者和主要作者。——译者注

了进去，我跟进来。

一个男人死在地板上。

"谁干的？"索克斯问。

"那边一个人。"有人说。

索克斯和我一起挤出去，我有点惊讶地发现歌洛莉娅就在我身后。

开枪的人站在吧台边，用手肘撑着身体，血从脸上流下来。

索克斯走过去。

"是他挑起的，索克斯，"那人说，"他想用啤酒瓶杀我——"

"蒙克，你这个王八蛋——"索克斯用棍棒打了他的脸，蒙克伏在吧台上，没有倒下。索克斯继续用棍棒打他的脸，一次又一次，血溅得到处都是，溅在周围的人身上。他直接把那人打趴下了。

"嘿，索克斯——"有人叫道。

三十英尺以外，又有一群人站成一圈，俯视着，相互叽叽喳喳说个不停。

我们挤过去——她躺在那里。

"该死——"索克斯·唐纳德说。

是雷登太太，前额上有个洞。

约翰·麦克斯威尔跪在她身边，抱着她的头……然后轻轻地放在地上，站起来。雷登太太的头慢慢地侧向一边，眼眶里积的一摊血洒在地板上。

约翰·麦克斯威尔看到了我和歌洛莉娅。

"她是来做德比裁判的,"他说,"却被流弹击中了——"

"打中的要是我就好了——"歌洛莉娅压低声音说。

"该死——"索克斯·唐纳德说。

我们都聚集在女更衣室内,外面大厅里的人很少,只有警察和几个记者。

"你们应该知道我为什么把你们叫到这里来,"索克斯慢慢地说,"你们能猜到我要说的话。发生这样的事情,光感到抱歉是没有用的——这都是命中注定,对你们选手很难,对我也很难。我们的马拉松比赛刚刚才有起色——"

"我和洛基商量过了,决定把一千美元奖金平分给你们每个人——我自己再加一千美元,每个人分五十美元,这样可以吗?"

"可以——"我们说。

"没有可能再继续比赛了吗?"基德·卡姆问。

"没可能,"索克斯摇着头说,"那个文明联盟不会放过我们——"

"孩子们,"洛基说,"我们相处得很开心,我很喜欢和你们一起工作,也许什么时候我们还会再办一场舞蹈马拉松——"

"我们什么时候能拿到钱?"维·洛弗尔问。

"明天早晨,"索克斯说,"你们今晚可以和以往一样留在这里,不过想走的话也没人拦你们,明早十点以后随时可以找我领钱。好了,我得说再见了——我要去警局了。"

……根据加州法律规定执行。

枪　响

我和歌洛莉娅走过舞池,我的鞋跟噪声太大,让我都不能确定它们是否属于我。

洛基和一个警察站在前门。

"你们去哪儿?"洛基问。

"去透透气。"歌洛莉娅说。

"还回来吗?"

"回来的,"我告诉他,"我们只是出去透口气,已经很久没出门了——"

"不要太久。"洛基说,望着歌洛莉娅,意味深长地舔了舔嘴唇。

"——你。"歌洛莉娅说着走了出去。

已经凌晨两点多了,空气潮湿、厚重且干净,我的肺像怪兽一样,大口咀嚼吞咽着它。

"我想你一定很高兴呼吸这样的空气吧。"我对自己的肺说。

我转过身,看着那座建筑。

"这就是我们一直待的地方,"我说,"现在我知道约拿看见大鲸[1]时的心情了。"

"来吧。"歌洛莉娅说。

我们绕过大楼一侧走到长堤,它在海面上延伸到我的视线范围之外,随着海水的涌动,时上时下,时而呻吟,时而吱嘎作响。

"海浪没有把这个码头冲走真是个奇迹。"我说。

"你很热衷于海浪。"歌洛莉娅说。

"我没有。"我说。

"可你已经说了一个月了。"

"好吧,安静地站定一分钟,你会明白我的意思,会感受到它的起伏——"

---

[1] "约拿和大鱼"的故事出现在《圣经》第一章第十七节。根据《圣经》记载,约拿曾被一条大鱼吞下肚,在鱼腹中待了三天,才被大鱼吐到陆地上。——译者注

"我不用站定也能感受到,"她说,"但也没理由这么痴迷吧,已经站了一百万年了。"

"不要以为我对大海着迷,"我说,"再也见不到也没关系,我这辈子已经受够大海了。"

我们坐在被海浪溅湿的长凳上,在靠近长堤尽头的地方,有几个人越过栏杆钓鱼。夜晚一片漆黑,没有月亮,没有星星,只有一条不规则的白色泡沫线标志着海岸。

"这里的空气很好。"我说。

歌洛莉娅眺望着远方,一言不发,在海岸远处有一个地方灯火通明。

"那是马里布,"我说,"所有电影明星都住在那里。"

"你打算怎么办?"她终于开口。

"我不太清楚,想明天去见麦克斯威尔先生。也许我能让他做点什么,他确实对我很感兴趣。"

"永远是明天,"她说,"突破总是在明天到来。"

两个拿着深海钓竿的男人路过,其中一个拖着一条四英尺长的双髻鲨。

"这条鲨鱼宝宝再也不会造成任何伤害了……"他对另一个人说。

"你打算做什么?"我问歌洛莉娅。

"我要从这个旋转木马上下来,"她说,"我受够了这些恶臭的东西。"

"什么东西?"

"生活。"她说。

"你怎么还无动于衷?"我说,"你对所有事情的态度都是错的。"

"别对我说教。"她说。

"我没有说教,"我说,"但你应该改变自己的态度。坦白地说,它影响了你接触到的每一个人,以我为例,在遇到你之前,我认为我不可能不成功,从没想过失败,然而现在——"

"这话是谁教你的?"她问,"你自己是想不出来的。"

"是我自己想的。"我说。

她低头望着海上的马里布,顿了一会儿说:"噢,跟自己开玩笑有什么用呢?我知道自己的处境……"

我没有说话,看着大海,想着好莱坞,思考自己是去那里,还是马上醒来回到阿肯色州,赶在天亮之前下楼拿报纸。

"王八蛋,"歌洛莉娅自言自语,"你用不着那样看我,"她说,"我知道自己不好——"

"她说得对,"我对自己说,"非常正确,她确实不好——"

"真希望我当时就死在达拉斯,"她说,"我一直认为医生救我的命只有一个原因——"

我没有作答,依然望着大海,心想她的的确确好不起来了,没有死在达拉斯简直是个错误,她死了肯定会更好。

"我是个格格不入的人,给别人带来不了任何好处,"她说,"别那样看我。"

"我根本没在看你,"我说,"你看不到我的脸——"

"我能。"她说。

她在撒谎,她看不见我的脸,天太黑了。

"你不觉得我们应该进去吗?"我说,"洛基想见你——"

"那个——"她说,"我知道他想要什么,但他再也得不到了,没人会得到了。"

"什么?"我说。

"难道你不知道吗?"

"不知道什么?"我说。

"洛基想要的东西。"

"噢——"我说,"知道了,刚反应过来。"

"所有男人都想要这个,"她说,"不过没关系,我不介意给洛基;他帮了我的忙,我也帮了他的忙——万一我怀孕了呢?"

"你不只是想想的吧?"我问。

"是的,我就是想想。在此之前,我总是能照顾好自己,假如我真的有个孩子呢?"她说,"你能想象他长大后会变成什么样子吧,就像我们一样。我不想那样，"她说，"不管怎样我都完了，世界很烂，我受不了了。我死了会更好，对其他人也是，我把周围一切都毁了，正如你所说的。"

"我什么时候说过那样的话？"

"几分钟以前，你说在遇见我之前从没想过失败……不是我的错，我没办法。我自杀过一次，从此再也没有勇气尝试第二次……你愿意帮世界一个忙吗？"她问。

我没有应答，听着海水撞击地桩，感受着长堤上下起伏，心想她说的都是对的。

歌洛莉娅摸索着她的手提包，手伸出来时里面握着一把小手枪。

我以前从未见过这把手枪，但并不吃惊，一点也不吃惊。

"给——"她说着递给我。

"我不要，收起来，"我说，"快点，我们进去吧，我很冷——"

"拿好，帮上帝一个忙，"她说，塞到我手里，"开枪吧。这是让我脱离痛苦的唯一办法。"

"她说得没错，"我对自己说，"这是让她脱离痛苦的唯一办法。"

　　我小时候常常在阿肯色州祖父的农场里度过夏天。

　　有一天我站在熏制室旁，看着祖母在一个大铁壶里制作碱液皂，这时祖父异常激动地穿过院子说："内莉摔断腿了。"我和祖母跨过台阶，来到祖父犁地的花园，只见老马内莉躺在地上呜咽着，身上依然拴着犁。

我们站在那里看着她，只是看着她。祖父扛着他在奇客莫加岭用过的枪回来了，拍着内莉的头说："她踩到坑里了。"祖母把我转过来，脸朝另一边，我开始哭了。

我听见一声枪响，这声枪响现在依然记忆犹新，仿佛就在耳边。

我奔过去，扑倒在地，抱着她的脖子。我爱那匹马，恨我的祖父，我站起来走过去，用拳头捶打他的双腿……后来他解释他也爱内莉，但不得不开枪。

"这是最仁慈的做法了，"他说，"她再也好不起来了，这是让她脱离痛苦的唯一办法……"

我手里握着手枪。

"好吧，"我对歌洛莉娅说，"什么时候？"

"我准备好了。"

"在哪里？"

"就在这里。对着我脑袋的一侧。"一个大浪袭来，堤坝震动起来。

"现在吗？"

"就现在。"

我开枪了。

堤坝再次浮动，浪花又流回大海，发出吸吮的声音。

我把手枪扔过栏杆。

一个警察和我一起坐在后排，另一个警察开车。我们在飞速行驶，警笛在响，这个警笛声和他们在舞蹈马拉松上为了叫醒我们用的警报声一模一样。

"你为什么杀她？"后座的警察问。

"她让我动手的。"我说。

"你听到了吗，本？"

"这原来是个乐于助人的混蛋。"本回头说。

"这是你唯一的理由吗？"后座的警察问。

"人们也会射杀老马的，对吧？"我喃喃自语着。

……愿上帝怜悯你的灵魂。

图书在版编目（CIP）数据

孤注一掷／（美）霍勒斯·麦考伊著；李晓琳译．
上海：上海文艺出版社，2024．——（域外故事会社会悬疑小说系列）．——ISBN 978-7-5321-9066-9

I．I712.45

中国国家版本馆CIP数据核字第202477S90K号

孤注一掷

著　　者：[美] 霍勒斯·麦考伊
译　　者：李晓琳
责任编辑：杨怡君
装帧设计：周　睿
责任督印：张　凯

出版：上海文艺出版社
出品：上海故事会文化传媒有限公司
（201101上海市闵行区号景路159弄A座3楼www.storychina.cn）
发行：上海文艺出版社发行中心
（上海市闵行区号景路159弄A座2楼206室）
印刷：上海中华印刷有限公司
开本：889毫米×1194毫米　1/32　印张4.375
版次：2024年9月第1版　2024年9月第1次印刷
ISBN：978-7-5321-9066-9/I.7133
定价：30.00元

版权所有·不准翻印

想看更多精彩故事？
扫码下载故事会APP

上海故事会文化传媒有限公司所有图书可办理邮购，免收邮费（挂号除外）
汇款地址：上海市闵行区号景路159弄A座2楼206室（201101）；
收款人：上海故事会文化传媒有限公司出版发行部
联系电话：021-53204159
如发现本书有质量问题，请与印刷厂质量科联系T:021-60829062